Frivolités

Nouvelles érotiques

Catalogage avant publication de Bibliothèque et Archives Canada

Laliberté, Martin

Frivolités : nouvelles érotiques

(Collection Littérature érotique)

ISBN 2-7640-0849-X

I. Titre. II. Collection : Collection Littérature érotique (Montréal, Québec).

PS8573.O769F74 2006 C843'.6 C2006-940343-0
PS9573.O769F74 2006

LES ÉDITIONS QUEBECOR
Une division de Éditions Quebecor Média inc.
7, chemin Bates
Outremont (Québec)
H2V 4V7
Tél. : (514) 270-1746
www.quebecoreditions.com

Éditeur : Jacques Simard
Conception de la couverture : Bernard Langlois
Illustration de la couverture : Corbis
Infographie : Andréa Joseph [PageXpress]

Nous reconnaissons l'aide financière du gouvernement du Canada par l'entremise du Programme d'aide au développement de l'industrie de l'édition pour nos activités d'édition.

Gouvernement du Québec – Programme de crédit d'impôt pour l'édition de livres – Gestion SODEC.

Imprimé au Canada

MARTIN LALIBERTÉ

Frivolités

Nouvelles érotiques

LES ÉDITIONS
Quebecor
QUEBECOR MEDIA

La filature

Le soleil du printemps plombe de tous ses feux sur la façade de miroir du gratte-ciel. Sur les trottoirs, une foule énergique se presse vers la station de métro. Je suis assis sur un banc de bois et je surveille attentivement la sortie des employés.

J'ai choisi une position stratégique : suffisamment près pour repérer celle que je viens observer, et assez éloigné pour ne pas qu'elle remarque ma présence. Car ce n'est pas la première fois que je viens ; elle pourrait éventuellement me reconnaître et tout gâcher.

Régulière comme une horloge, elle émerge de l'édifice à dix-sept heures précises. Les rayons obliques du soleil captent la magnifique teinte auburn de son épaisse crinière, crêpée en chignon et retenue par une multitude d'épingles.

J'attends qu'elle s'engage sur le trottoir pour traverser la rue, en zigzaguant à travers le flot de voitures. Je sais que ses lunettes de soleil cachent de splendides yeux marron. Son visage à la peau hâlée porte une touche savante de maquillage.

Je m'engage à sa suite dans l'escalier du métro, mes yeux rivés sur son déhanchement aguicheur, sans être obscène.

Grande et svelte, elle projette une allure distinguée, encore accentuée par son tailleur sombre. Grâce à sa jupe courte, je peux admirer la ligne élégante de sa jambe mince, serrée dans un collant à rayures.

La rame entre bruyamment en gare et je m'engouffre dans le wagon qu'elle choisit, en prenant soin de me camoufler derrière d'autres usagers. Elle tient solidement le poteau chromé pour ne pas tomber. Elle porte plusieurs bagues et quelques bracelets en or. De lourdes boucles d'oreilles pendent à ses lobes bruns. J'imagine sans mal que ses seins affectent la même teinte chaleureuse.

Ses grands pieds sont chaussés de souliers à talons, qui accentuent la musculature de son mollet. Son décolleté discret plonge juste ce qu'il faut sur sa poitrine menue. Elle utilise un parfum fleuri, quoique soutenu, qui insiste sur sa présence dans ce wagon autrement pestilentiel.

Elle descend trois stations plus loin et je reste sur ses talons. Je ne l'ai jamais suivie aussi longtemps et je suis très nerveux. De retour à la surface, elle marche sur le trottoir sud, celui qui est encore éclairé par le soleil.

Elle avance d'un bon pas et ses fesses forment des rondeurs parfaites sous sa jupe ajustée. Je la suis comme une ombre, hypnotisé par sa beauté et sa grâce. Au coin de la rue, elle entre dans une fruiterie. Je n'hésite qu'une seconde ou deux, avant de la suivre dans le commerce. Aux aguets, je la repère près d'une pyramide impeccable de tomates.

Elle en choisit quelques-unes en les palpant au préalable. Elle a des mains très délicates, aux veines et aux tendons saillants. Mon esprit vagabonde et j'imagine un instant que ces tomates sont en fait mes testicules et qu'elle les tient ainsi dans le creux de sa main. J'en ressens une crampe au ventre.

C'est tout ce qu'elle achète, avant de reprendre sa marche. Dix minutes plus tard, elle sort un trousseau de clés de son sac à main et s'avance sur l'allée d'un joli cottage, dont la pelouse est entourée d'une clôture constituée de piquets de bois. Je la regarde pénétrer dans la résidence en gardant toujours mes distances.

Refusant d'admettre que s'arrête ici ma filature, je gagne la cour arrière. Grâce aux branches fortes d'un arbre, je parviens à grimper sur le toit pentu du garage, qui m'offre un point de vue parfait sur la chambre des maîtres. J'arrive juste à temps pour la voir pénétrer dans la pièce.

Lentement, elle se dévêt devant le miroir pleine grandeur en bois d'acajou, légèrement incliné sur son pivot. Je ne peux croire à la chance inouïe que j'ai de vivre un tel moment de plaisir absolu.

Elle commence par ses souliers. Quand elle se penche pour les retirer, sa blouse blanche gondole et présente la ligne de son soutien-gorge de dentelle. Elle se débarrasse ensuite de son veston, qu'elle lance négligemment sur le lit. Puis, elle baisse à tâtons la fermeture éclair de sa jupe.

Ses collants s'arrêtent à mi-cuisses par une bande élastique noire étirée sur sa peau lisse. Avec une lenteur extrême, en détachant méticuleusement chaque bouton, elle se départit de son chemisier. J'admire son ventre plat, au nombril saillant. Sa peau est soulevée à intervalles réguliers par les petites bosses de ses côtes.

Elle porte un soutien-gorge pigeonnant, qui accorde à sa poitrine relativement modeste une ampleur artificielle. Au moment où elle se penche en avant pour dérouler ses collants, ses seins luttent pour fuir le carcan que leur impose le soutien-gorge.

Elle roule donc le collant autour de ses genoux osseux, puis autour de ses chevilles fines et, enfin, autour de ses pieds chocolat au lait. Elle doit appliquer un vernis transparent sur ses ongles, puisqu'ils présentent un aspect lustré très attirant.

Il ne lui reste plus que sa culotte et son soutien-gorge. Je retiens mon souffle lorsqu'elle retire ce dernier. Ses petits seins reprennent naturellement leur position, légèrement plus bas sur son sternum. Ils s'écartent aussi sur les côtés, comme s'ils avaient besoin de semer une distance respectable après avoir été rapprochés de force toute la journée.

Je me fais la réflexion que je pourrais aisément poser ma main à plat sur son sternum sans même toucher ses seins timorés. La glace me renvoie l'image troublante de ses aréoles de largeur moyenne, peut-être d'une circonférence analogue à des pièces de deux dollars. Elles sont très opaques, presque mauves, et sont indiscutablement un fait saillant de sa nudité.

Après s'être longuement observée, elle repousse sa culotte jusque sur ses genoux. Ses seins sont marqués de quelques veines bleues autour de ses aréoles aux airs créoles. Elle termine sa séance de déshabillage en remuant les jambes pour que sa culotte glisse enfin jusqu'au sol.

Je pousse un soupir de contentement. Sa toison est aussi jalousement entretenue que le reste de son corps taillé à la serpe. Son triangle mythique est petit et touffu, d'un noir presque bleu. Sous cette broussaille disciplinée saillent des lèvres boudeuses, qui frisent le gigantisme.

Elle s'examine encore dans la glace, inconsciente qu'une deuxième paire d'yeux se délecte de ses courbes dévoilées. Je la lécherais partout, en insistant sur les endroits judicieux et trop souvent négligés, comme la courbe inférieure de son sein. Juste là où il repose paresseusement sur sa cage thoracique, puis sur la zone intérieure et moite de son genou, le creux de l'arche de son pied, ce repli chaud de l'aine, l'ourlet provocateur de sa fesse.

Je décide carrément de lui offrir ces services et je descends de mon perchoir, avant de contourner la maison pour me présenter à sa porte avant. Je sonne, le cœur battant au souvenir encore frais de ses aréoles aux allures si succulentes.

Au pire, elle m'éconduira. Au mieux, elle nourrira ma faim d'elle. Le battant s'ouvre sur son joli visage. Elle a vite enfilé un peignoir sur sa nudité. Je baisse les yeux sur ses pieds bruns avant de les remonter sur sa figure étonnée.

« Mais qu'est-ce que tu fais là, mon chéri ? Tu as oublié ta clé ? me demande mon épouse en s'effaçant pour me laisser entrer.

– Quelque chose comme ça.

– Pourquoi as-tu cette expression ? On dirait que tu as avalé un chat !

– En fait, je crois que je viens de voir de quoi le paradis est constitué », dis-je en refermant la porte.

Belle-maman

Elle repousse la table à café sur laquelle gisent les vestiges de notre pizza, en utilisant son pied nu. Il est brun, tout mignon, doux comme la soie. Je le sais, car elle aime bien que je lèche ses orteils de temps à autre, juste avant l'orgasme, lorsqu'elle veut teinter nos ébats d'une tendre sensualité.

Anna et moi avons fait l'amour sur un coup de tête, qui nous a poussés à envoyer valser tous nos vêtements aux quatre coins de la pièce. Une frénésie presque animale a chassé toute trace de tendresse – nul temps possible pour lui lécher les orteils –, et c'est donc en riant que nous reprenons notre souffle, encore surpris par la vigueur bestiale de nos échanges.

Totalement impudique – j'adore cela chez elle –, Anna s'assoit contre le divan-lit défoncé que nous n'avons pas pris la peine d'ouvrir, seul élément de mobilier qui meuble mon humble appartement d'étudiant. Elle remonte ses genoux contre sa poitrine et je remarque les traces de brûlure laissées sur le tapis alors que je la prenais en levrette.

Anna saisit le verre dans lequel il reste deux ou trois doigts de bière et elle le cale d'un seul trait. Sa bouche trop petite pour tant d'aspirations laisse échapper quelques gouttes de houblon, qui s'écoulent ensuite sur sa poitrine certes petite, mais résolument farouche.

D'origine portugaise, Anna arbore en tout temps un teint brun et uniforme. Ses cheveux très noirs bouclent comme la laine d'un mouton. Ses grands yeux sombres l'enveloppent d'une aura de mystère. Selon son humeur, ils peuvent être aussi insondables que le fond d'un puits.

Je surveille les gouttes dorées qui dévalent les monticules affranchis de ses seins, puis son ventre plat, avant de se perdre dans la forêt amazonienne très dense sous son nombril.

Anna aime faire l'amour dans mon minuscule appartement, où un faible courant d'air frôle le sol pour aérer nos corps moites et fourbus. Elle apprécie que ses démonstrations véhémentes de plaisir fassent vibrer les murs de papier mâché et suscitent, de temps à autre, des applaudissements nourris de mes voisins d'étage. Il nous est même arrivé une fois de faire l'amour sur la cuisinière, pour ensuite rayer à jamais cette option, quand, livrée à son plaisir brut, Anna a accidentellement accroché le bouton d'allumage des éléments sur lesquels elle était assise.

Mon amoureuse roule sur le ventre, la moquette s'incrustant dans la chair tendre de ses seins. Elle plie les jambes, si bien que je peux librement contempler la plante de ses petits pieds. J'ai encore faim d'elle, au point d'étirer le bras pour l'attirer à moi.

« Bas les pattes ! Je dois partir, je suis déjà en retard ! » s'écrie-t-elle en se dégageant.

Elle bondit sur ses pieds. Elle se met ensuite à rassembler ses vêtements épars.

« N'oublie pas, surtout. Demain, nous soupons chez ma mère », me rappelle-t-elle en enfilant une camisole blanche sur ses seins.

Je souris. Gloria est une femme épatante, qui brise la coutumière légende des belles-mères désagréables.

« Bien sûr. À quelle heure ? »

Je la regarde qui ajuste sa culotte sur ses fesses toutes menues.

« On se rejoint là-bas vers quatre heures. Je dois passer chez ma sœur avant.

– Je peux venir ? »

Anna me lance mon boxer au visage.

« Obsédé sexuel ! Ne peux-tu pas te contenter d'une seule de nous deux ? »

Angelina, la sœur aînée d'Anna, est tout aussi magnifique. En fait, c'est de famille. Les courbes plus matures d'Angelina ont suscité mon intérêt dès le premier jour. Dans le fond, peut-être suis-je un incorrigible séducteur.

Anna s'éloigne en sautillant pour remettre ses chaussures, m'offrant ainsi un nouveau régal pour mes yeux.

« Apporte ton maillot, on se baignera chez ma mère ! » ajoute-t-elle avant de claquer la porte.

✧

Au local de l'association étudiante, la trésorière m'interpelle alors que je m'apprête à partir le lendemain midi. Marie et moi avons eu une aventure l'année précédente, quelques semaines avant que je rencontre Anna. J'ai tenu à ce qu'elle se présente avec moi aux élections afin que je puisse compter sur une alliée sûre.

Nous n'avons plus couché ensemble depuis, bien que la tentation soit toujours très forte. Sa poitrine volumineuse suscite en moi un appel quasi irrésistible, tandis que les souvenirs de nos nuits torrides affluent constamment à ma mémoire.

« Rémi, tu as un appel », me dit-elle en tenant le combiné de téléphone à bout de bras.

Je transfère mon sac d'épaule et nos doigts se touchent dans l'échange. Elle ressent tout comme moi le courant qui circule encore entre nous. Je le vois dans ses yeux. Je me dis parfois que je ne serai jamais l'homme d'une seule femme, que ma passion pour elles ne pourra jamais être confinée dans la monogamie.

Que ce soit pour la sœur d'Anna ou pour des collègues étudiantes, ma soif du sexe féminin restera toujours une menace à mes vœux d'engagement.

« Rémi ? C'est Gloria. »

C'est ma belle-mère, qui refuse systématiquement que je la vouvoie malgré ses cinquante-six ans, moi qui n'en ai que vingt-quatre. Il est vrai qu'elle en paraît dix de moins, mais il a tout de même fallu quelques mois assortis de plusieurs réprimandes pour me conformer à son exigence.

« Anna vient d'appeler. Elle sera ici vers treize heures et elle veut savoir si tu peux aussi venir plus tôt », explique ma belle-mère.

Je ne comprends pas pourquoi Anna ne m'a pas appelé directement. Elle n'a pas l'habitude de charger sa mère de ses messages.

« Elle devait absolument me parler et elle n'avait qu'une seule pièce de monnaie pour le téléphone public. Elle m'a donc demandé de te relayer l'information, continue Gloria, en réponse à ma question muette.

– Ah bon ! Une heure, alors.

– Apporte ton maillot. Il fait un temps splendide. »

Puis, elle raccroche après m'avoir dit au revoir.

« Une nouvelle flamme ? » investigue Marie d'un ton racoleur.

Je ne suis pas dupe. Sa jalousie a été un problème entre nous. J'éclate de rire et je lui fais la bise. Je reconnais brièvement son haleine sur ma joue.

« Ce n'était que ma belle-mère ! »

✧

J'arrive chez la mère d'Anna complètement assoiffé. Le soleil me tape sur la tête comme une punition. Je rêve déjà à la piscine. Je ne savais pas si Gloria avait de la bière au frais, si bien que j'en ai acheté un carton de six au dépanneur du coin.

Gloria Oliveira habite seule un joli bungalow de banlieue, depuis qu'elle et son mari se sont séparés. Lui est retourné vivre au Portugal à l'automne, juste avant que je rencontre sa fille. Je ne l'ai donc vu qu'en photo. La nature du différend qui l'a opposé à Gloria ne m'a jamais été communiquée.

Je sonne à la porte d'entrée, fortement tenté de décapsuler dès maintenant une bouteille de bière, mais tout de même conscient que mon impatience pourrait être mal interprétée par ma belle-mère.

Personne ne vient. Des rideaux de dentelle flottent au vent par la fenêtre ouverte du salon. Je choisis de contourner la maison. Au bout de l'allée dallée, une grille de fer forgé permet l'accès au jardin arrière, où une magnifique piscine de dix mètres de long miroite sous le soleil comme un mirage dans le désert.

La grille est déjà ouverte. Je pénètre dans la cour et, au moment où je tourne le coin de la maison, je m'arrête net. À l'autre bout de la piscine, Gloria Oliveira est assise en indien sur une chaise longue. Devant elle est posée une soucoupe remplie de quartiers d'orange, qu'elle mange en portant une main en coupe pour éviter les éclaboussures.

Cette scène en soi n'aurait rien de marquant, si Gloria n'avait pas roulé son maillot une pièce blanc sur ses hanches généreuses. Elle profite ainsi d'un bain de soleil à demi nue, dans une splendeur assurée que seule une femme de cet âge peut posséder. Justement, parlant de mirage, celui-ci bat tous les autres à plates coutures.

Je bats en retraite rapidement derrière un cèdre décoratif, en me déplaçant sur la pointe des pieds. Je suis complètement estomaqué. D'abord, c'est la toute première fois que j'aperçois ma belle-mère en maillot de bain. Qui plus est, elle a choisi cette journée pour en retirer la partie la plus importante ! J'ai l'impression que je viens de commettre un péché capital. Un gendre ne devrait jamais voir les seins de sa belle-mère !

Pourtant, je risque encore un œil. C'est plus fort que moi. Bien que lourds et visiblement affectés par la gravité, les seins de Gloria sont fabuleux. Bruns comme le reste de son corps, avec des aréoles débordantes, que j'associe d'emblée aux femmes plus matures, et des mamelons dont la longueur irréelle permettrait d'y accrocher quelque chose. Rien à voir avec la poitrine presque pubère de sa fille !

J'en ai la bouche sèche, tellement je suis conquis. Je ne peux cependant pas la surprendre ainsi. Je retourne donc à la grille, que je claque bruyamment pour annoncer ma présence. J'attends ensuite quelques secondes avant de m'avancer, résistant à l'impulsion d'appeler de vive voix, de crainte que mon manège ne devienne alors trop évident.

Je pousse un soupir de soulagement en découvrant que Gloria a remonté sur ses épaules les minces bretelles de son maillot. Ses quatre membres très bruns émergent de sa protection. Ainsi encapuchonnés, ses seins semblent nettement moins volumineux. Dans un moment d'égarement, j'essaie de repérer le cerne sombre de ses aréoles à travers le tissu pâle.

« Rémi ! Tu es le premier arrivé ! » s'exclame Gloria, qui, tout en se levant fait vibrer ses seins dans son maillot.

Elle me prend par les épaules pour m'embrasser sur les joues. Ses seins pesants butent contre ma poitrine, précairement retenus par le maillot étiré. Tout comme sa fille, Gloria arbore d'abondants cheveux noirs, légèrement striés de gris. Ses yeux sombres sont cerclés de lunettes à la mode et ses ongles rapportés lui procurent une touche de chic indéniable.

J'essaie de décoder son sourire énigmatique, en me demandant si elle m'a aperçu qui l'observait. J'ai l'impression qu'un filet de salive me coule encore sur le menton, que j'essuie d'ailleurs à la dérobée en guise d'assurance.

Elle m'invite à m'asseoir sur une chaise longue et je décapsule deux bières avant de retirer mes vêtements, sous lesquels je porte mon maillot. Nous trinquons ensuite au temps magnifique. Je ne peux m'empêcher de penser à sa poitrine si brune sous le soleil, et surtout si épanouie.

« Dis donc, je vois que tu t'entraînes encore ! » me complimente Gloria en examinant ma musculature.

Je fais partie de l'équipe des rameurs de l'université. Les entraînements rigoureux auxquels nous sommes soumis découpent des épaules et des jambes de béton. Puisque ça plaît généralement aux femmes, il m'est arrivé quelques fois d'utiliser mes atouts athlétiques pour séduire. Pour le moment, loin de moi l'idée d'user de séduction.

Je ne cherche pas à répondre. Je suis encore sonné par ce que j'ai vu et je dois constamment ramener mes yeux à l'ordre. Ils ont tendance à loucher vers sa poitrine majestueuse si je ne leur commande pas de bien se tenir.

Pour me secouer un peu, je pose ma bière sur la table et je saute à l'eau. Je reste un long moment sous la surface, question de bien me rafraîchir les idées. Quand j'émerge, Gloria se tient debout sur le tremplin, les bras écartés du corps, les orteils dépassant tout juste de la planche.

Elle plie les genoux et s'élance, fendant l'eau de ses mains jointes. Telle une torpille, Gloria propulse son corps sous l'eau, en se rapprochant de ma position. J'ai l'impression qu'elle va se faufiler entre mes jambes. Elle tend ses bras en avant. D'un geste vif, ses mains agrippent mon maillot et tirent d'un coup sec.

Il est déjà trop tard pour que je puisse réagir. Gloria fait surface, l'air triomphant, mon maillot roulé en boule dans sa main. Elle le lance par-dessus la haie de cèdres, chez son voisin.

« Hé ! m'écriai-je. Qu'est-ce que… »

Ma question meurt sur mes lèvres. Car Gloria se rapproche, tel un squale menaçant. Je sens ses pieds contre mes jambes. Je suis déjà en érection. Je le suis depuis que j'ai vu ses seins nus et que j'ai songé à ce que j'aimerais en faire. Peu importe qu'elle ait trente ans de plus que moi. Elle ferait pâlir d'envie bien des filles de mon âge.

« Tu n'imaginais tout de même pas que tu allais être le seul à te rincer l'œil, cher gendre ! »

Elle m'a donc vu. Je suis sans voix. Ne sachant trop quelle conduite adopter, je recule jusqu'à ce que mon dos frappe le rebord de la piscine, dans la partie peu profonde. Gloria se réfugie aussitôt contre moi. L'eau cristalline nous ceinture au nombril. Le bout de mon gland émerge au soleil. Mes testicules sont aussi douloureux qu'en période prolongée d'abstinence.

« Anna va arriver, plaidé-je d'une voix faible, paniqué à l'idée que mon amoureuse me surprenne en flagrant délit avec sa mère.

– Pas avant quatre heures. J'ai tout inventé. C'était mon idée pour t'avoir à moi toute seule », roucoule Gloria en me mordillant l'oreille.

Elle utilise ses ongles parfaits pour gratter le dessous de mes testicules, me foudroyant ainsi d'un désir qui me consume de l'intérieur.

« On peut nager un peu, mais je préfère franchement passer tout de suite aux choses sérieuses, cher gendre. Je n'ai plus dix-sept ans et à ce que j'ai compris, tu n'en es pas non plus à tes premières armes. Il ne nous reste que trois petites heures… »

Gloria dépose ses lèvres burinées sur les miennes. Des lèvres qui en ont vu d'autres. Sa bouche est un puits de fraîcheur, parfumé du houblon qu'elle vient de boire.

Je renoue avec la lourdeur de sa poitrine sur mon torse, la caresse de ses mains sur mon cou. Sous l'eau, ses jambes emprisonnent les miennes et ma queue bat fermement sur son ventre capiteux. Il serait tout à fait inutile de nier l'évidence, de taire l'excitation intense qu'elle me procure.

Gloria agrippe mon érection, comme on saisit le levier de transmission dans la voiture, et elle plonge son regard ardent dans le mien.

« Ma fille sait toujours si bien choisir ses amoureux, commente-t-elle en massant adroitement mon érection. Viens avec moi dans la maison. »

Je la suis jusque dans sa chambre, dans laquelle je n'étais encore jamais entré. L'eau ruisselle sur son dos et dégouline le long de ses jambes, jusque sur le tapis. Gloria s'assoit sur le coin de son lit. Très lentement, elle baisse sur ses bras les bretelles tendues à casser de son maillot, tout en détaillant ma réaction.

Hypnotisé, je retiens mon souffle alors qu'elle prolonge le suspense. Lorsque ses bretelles atteignent ses avant-bras, le devant de son maillot se détache de sa poitrine, aussi brune que ses pieds.

Elle me fait signe d'approcher en bougeant son doigt. Je viens m'agenouiller entre ses jambes en posant mes mains sur ses genoux. Le désir brûle en moi. Je dépose ensuite mes mains sur ses seins tout chauds, comme si le soleil les réchauffait encore.

Ils sont lourds aussi, massifs, leur affaissement ne les rend que plus touchants et intrigants. Je frotte mes joues dans la vallée profonde qui les sépare. J'ai l'impression de visiter le Grand Canyon !

Ma bouche est attirée par la majesté de sa poitrine. Je colle mes lèvres à ses grosses mamelles, foncées comme le chocolat noir, déformées par le poids important de son buste.

Elles sont succulentes, envahissantes, et très sensibles si je me fie à la réaction instantanée de ma belle-mère. Elle presse sa vulve bouillante sur mon ventre. Je caresse le sien, arrondi par les années, très doux et moelleux, composé de deux très adorables dunes brunes.

Gloria s'agenouille sur le lit et j'écarte la partie inférieure de son maillot, comme si je n'osais pas le lui enlever dans un dernier sursaut de pudeur. Je lèche aussitôt ses lèvres pendantes, volumineuses, qui s'écartent telles des écluses pour me laisser libre accès à son tunnel sombre.

Ma délectable belle-mère chute sur les coudes, ce qui relève encore son postérieur ample, et m'accorde un accès illimité à sa vulve. Je la suce avec un abandon total, répandant sur ses fesses généreuses ma salive lubrificatrice. Je favorise ses lèvres grassouillettes, en tournant ma langue tout autour, avant de concentrer mes efforts sur son clitoris brunâtre.

Je viens aussi sucer ses orteils, comme j'aime le faire avec sa fille. Ils sont nettement plus rugueux, moins droits, mais ils goûtent assurément le péché. La saveur imbattable du vice. Pourquoi l'interdit est-il si diablement délicieux ?

Gloria me tire finalement par la main et je monte avec elle sur le lit. Toujours en tenant la fourche de son maillot d'une main et en posant l'autre à plat au creux de ses reins, je la pénètre cérémonieusement.

J'ai aussitôt l'impression d'entrer au paradis. Son vagin est accueillant, bouillant, et je dirais différent. Différent parce que j'y ressens toute l'étendue de son expérience. Je la martèle bientôt avec vigueur, ses fesses gigotant à chacun de mes coups de reins. Elle enroule ses pieds autour de mes jambes, pour s'assurer que je ne ménage aucun effort pour la faire jouir.

Ses seins s'étirent pour toucher le matelas. Je les prends dans mes mains ; ce sont de vrais jouets qui changent de forme en les manipulant. Ils sont plus gros ainsi suspendus. Ses aréoles, qui atteignent des dimensions gargantuesques, sont à elles seules plus grosses qu'un sein tout entier d'Anna.

Quand il sort de son vagin, mon pénis est tout luisant de sa liqueur, qui coule sur ses poils et les colle sur ses cuisses. Je me retire ainsi quelques secondes pour la lécher, pour m'imprégner de son odeur, pour humer la ferveur de son désir.

Gloria profite de ce répit pour changer de position. Elle veut prendre les commandes, elle s'installe donc en reine sur moi une fois que je me suis allongé. Elle porte encore son maillot sur ses hanches. Si elle est comme moi, cette incongruité doit l'exciter encore davantage.

En étirant la fourche de son maillot, elle dépose délicatement sa vulve sur mon visage. Je ne fais que tirer la langue puisque c'est elle qui oscille sur ma bouche. Gloria pèse de tout son poids pour accentuer la pression de ma langue sur son clitoris, qui suinte d'un plaisir odorant. Elle se caresse aussi les seins, les yeux fermés, le souffle court, et les joues de plus en plus rouges.

Je gémis dans sa vulve pour bien lui démontrer à quel point elle est succulente. Mes témoignages rauques et étouffés accentuent encore son excitation. Ses seins ont pris une ampleur démesurée, ses aréoles ne sont plus que deux taches géantes de désir, deux cibles immanquables sur la superficie de sa poitrine.

Incapable de rester en place, Gloria bouge encore. J'en profite pour respirer une grande goulée d'air, le nez envahi de ses odeurs, la bouche assaisonnée de sa saveur. Elle glisse sa vulve lubrifiée sur mon torse, puis plus bas sur mon ventre, semant sur ma peau la trace de son plaisir.

Je pousse un long gémissement quand elle s'enfile sur ma verge en la tenant par la base d'une main solide. Les yeux clos, elle commence à se balancer d'avant en arrière, puis de gauche à droite, comme si elle était possédée. Ses seins trop lourds, un peu paresseux, suivent sa cadence avec un retard notable. Je les aide en les soutenant, en les pressant très fort comme si je voulais à tout prix en extraire le lait. Ses aréoles s'agrandissent encore. Elles s'assombrissent aussi, tandis que ses mamelons atteignent une longueur ahurissante.

Je me nourris de cette démesure, suçant l'un puis l'autre de ses trésors inestimables, me gavant de ses mamelons bourratifs. Je n'ai jamais mangé des seins aussi copieux, qui frisent l'indécence, presque une caricature.

Dans la glace fixée au mur derrière elle, j'aperçois le profond sillon de sa colonne vertébrale, ainsi que l'essaim de grains de beauté qui la flanquent de bas en haut. La tension anime les muscles de ses épaules, sa bouche crispée laisse échapper des grognements gutturaux lorsque je tète sans relâche ses seins exaltés.

La chute de ses reins, très creuse, accentue le renflement de ses fesses potelées, que j'ai découvertes en repoussant son maillot. Il gît maintenant au creux de ses genoux. Il nuit certainement à ses mouvements, sauf que l'urgence de nos ébats l'a jusqu'à maintenant prévenue de s'en débarrasser complètement.

Vous vous demandez certainement en quoi la vue des fesses dodues et crevassées de ma belle-mère peut être plus excitante que celle du postérieur parfait de mon amoureuse? Parce que je ne serais pas supposé les voir. Voilà pourquoi. Et aussi parce qu'elles témoignent d'un vécu sexuel louable, dont je m'estime privilégié de profiter.

Gloria est fascinante à observer en public et carrément enivrante à contempler nue. Il y a chez elle une absence totale de pudeur que j'associe à son aise d'être nue, à sa propre opinion favorable de son physique, dont les imperfections manifestes ne contribuent que plus encore à sa beauté et à son charme.

Contrairement à nous, les jeunes, Gloria a appris à s'accepter telle qu'elle est, sans recourir à divers artifices, et cette acceptation inconditionnelle accentue son rayonnement.

Quand elle se penche sur moi, ses cheveux laineux balaient mon visage. Sa bouche généreuse, aux commissures ridées, s'approprie la mienne avec une détermination toute mature. Elle embrasse comme aucune autre, au point de me faire sentir inadéquat. Sa langue est patiente, fouineuse, cabotine.

Gloria agite les muscles de son vagin, elle joue carrément avec mon pénis. La sueur perle sur ses seins balourds. Elle les fait glisser sur mon torse puis les ramène sur mon visage. Ma bouche renoue joyeusement avec ses cimes brunes, qui goûtent maintenant sa transpiration salée.

Insatiable, je suce longuement ses seins appétissants et meurtris, que je serre encore dans mes mains pour me les approprier. Gloria se renverse en unissant ses jambes, pieds joints sur mon torse, se mouvant par la seule force de ses bras. Les jambes ainsi réunies, la pression sur mon gland devient intolérable. Elle me chatouille le menton avec ses orteils, dont les ongles un peu longs égratignent la peau de mon cou.

Gloria vient en vagues successives, langoureuses. Son corps ondule contre le mien. D'entre ses lèvres mi-closes fuit un grondement sourd, une sorte de mugissement profond, qui se mue bientôt en une plainte aiguë, déchirante, un staccato impressionnant qui me précipite à mon tour vers un orgasme dévastateur.

J'assiste à son étonnante extase en retenant prisonnières ses hanches rondes dans lesquelles s'incruste l'empreinte de mes mains. Je la tiens ainsi en place, le temps qu'elle épuise tout son plaisir. Je retarde le mien pour profiter de ce moment unique.

Gloria insiste pour que je vienne ensuite sur ses seins. J'asperge généreusement chacune de ses pointes brunes de ma jouissance épaisse, très blanche sur le contraste de sa poitrine foncée. Je lèche ensuite ces deux *sundaes* géants et onctueux, qu'elle présente à ma bouche gourmande en les serrant ensemble.

Pour la première fois, elle me prend dans sa bouche. Je manque de rendre l'âme. Ma verge, qui commençait à faiblir, se réveille dans sa bouche tendre et patiente. Gloria est étendue à plat ventre sur le lit et je me tiens debout devant elle. Elle caresse doucement mes testicules en souriant.

Puis, ma belle-mère s'agenouille devant moi. Je la regarde mouler ses seins malléables autour de ma queue. Gloria me masturbe dans ce fourreau charnel, lubrifié de ma sève, et chaud comme les tropiques.

Je ne résiste pas plus que quelques minutes. Elle attend au tout dernier moment pour serrer ses lèvres autour de mon gland. Je pousse un cri à mi-chemin entre le sanglot et le hurlement. Gloria me prend tout. Elle me siphonne, les lèvres baveuses, les yeux brillants et coquins.

Ma belle-mère vicieuse s'en pourlèche les lèvres; elle réclame tout jusqu'à la dernière goutte, surpassant les prouesses pourtant exceptionnelles de sa propre fille. Je m'affale sur le lit, épuisé, tandis que Gloria remet lentement ses gros seins dans son maillot. Elle en ajuste aussi la fourche étirée, qui laisse fuir quelques poils rebelles sur ses cuisses.

« De tous les gendres que j'ai eus, tu es de loin mon favori », commente Gloria dans un soupir.

Elle affirme cela comme si elle en avait eu des dizaines. A-t-elle couché avec tous les amoureux de ses deux filles ? Je remarque qu'elle tremble un peu, ses lèvres luisent encore de ce qu'elle a avalé et n'attisent qu'encore plus ma convoitise.

Dans la pièce voisine, le téléphone se met à sonner. Tandis que Gloria va répondre, j'observe sa démarche gracieuse, son postérieur attirant qui gigote dans son maillot.

Elle revient après deux minutes, en baissant les bretelles de son maillot. La vue de ses seins me coupe encore le souffle. Je comprends que je ne pourrai jamais m'y habituer.

Cette fois, elle retire complètement sa seule pièce de vêtement. Après l'amour, ses courbes ont quelque chose d'attachant. J'ai encore envie de la toucher, de l'embrasser. Partout. Comme si elle m'avait communiqué une fièvre brûlante.

« C'était Anna. Elle va être en retard, la circulation est terrible. »

Gloria s'assoit en reine sur mon ventre. Ma verge reprend de la vigueur entre ses fesses charnues.

« Puisque tu te sens encore d'attaque, il y a encore un ou deux trucs que j'aimerais te montrer », me dit suavement Gloria.

La vue de ses fesses amples, de ses seins dodus et, surtout, le souvenir impérissable de ses lèvres ridées autour de ma queue achèvent de ranimer mon ardeur. Il y a de bons mots à dire pour les femmes d'expérience. Il y a quelque chose à dire pour ma belle-mère !

La double vie de Mallorie

La pluie tambourine furieusement contre la vitre, alors que l'orage éclate violemment sur la ville. Bientôt, les grosses gouttes se transforment en grêle qui rebondit sur le bitume et les voitures.

Une main dans la poche de mon pantalon et l'autre tenant une tasse de café infect, je surveille un homme élégant se ruer dehors, après avoir quitté l'abri douillet de sa voiture de grand luxe.

Je sais déjà qu'il vient ici, car je reconnais le style: riche, marié à une belle femme qui le trompe pendant qu'il amasse sa fortune considérable à travailler comme un diable. Il court jusqu'à mon immeuble, en abritant sa tête sous son imperméable beige qui doit coûter un mois de mon loyer.

Ses pas résonnent ensuite dans l'escalier de bois sec qui mène à mon bureau. Courtois, je lui ouvre la porte sur laquelle est simplement inscrit: Jonathan Gagné, détective privé.

Il me dévisage, surpris de cet accueil spontané. Je ne peux pas lui dire que je sais plus que n'importe qui reconnaître les maris cocus, aussi me suis-je contenté de hausser les épaules. En observant cet homme désemparé, je suis convaincu d'avoir vu juste. Riche, cocu et déboussolé. Un lapin payant, quoi.

« Donnez-moi votre imperméable. »

Je l'accroche dans la penderie avant de guider le nouvel arrivant dans mon bureau, qui n'est pas sans rappeler le décor de Dick Tracy. J'aime bien le style des années quarante. Seul l'ordinateur portable jure avec le décor rétro.

« Je m'appelle Jonathan Gagné, dis-je en m'asseyant sur le coin de mon bureau. Et vous êtes… ?

– Pierre Choquette. Je dirige les industries du même nom. »

Pourquoi ont-il tous besoin d'étaler leur richesse devant les autres ? Je connais bien sûr les Industries Choquette, l'un des plus gros employeurs de la ville.

« Monsieur Choquette, je vous offrirais bien un café, mais j'ai bien peur que vous ne preniez vos jambes à votre cou. Il est imbuvable.

– Sans façon.

– Alors, qu'est-ce qui vous amène ici par un temps aussi radieux ? »

Il se crispe, son visage déjà peu engageant devient de marbre.

« Je crois que mon épouse me trompe. »

Qu'est-ce que je vous disais ? Je les vois venir à des kilomètres à la ronde. Ils sont aussi discrets que des putois chez Chanel.

« Je voudrais que vous la suiviez et que vous rassembliez les preuves qu'il me faut pour divorcer.

– Ça tombe rudement bien. C'est exactement ainsi que je gagne ma vie. »

Il ne semble guère priser mon humour. En général, je dois avouer que mes clients n'entendent pas à rire. Mais bon, il faut bien s'amuser un peu, non ?

Pierre Choquette sort une photographie de sa poche de poitrine. Je remarque sur le revers de son veston l'étiquette Hugo Boss. Si l'imperméable équivalait à mon loyer mensuel, son costume y ajoute mon paiement de voiture.

Il me remet la photo qui me servira à identifier sa femme volage. J'en ai toute une pile dans mes nombreux dossiers, rien de plus banal. Jusqu'à ce que mes yeux plongent dans ceux d'un bleu saisissant d'une femme dans la petite trentaine.

De longs cheveux noirs encadrent son visage d'un ovale parfait. Ses lunettes à montures rectangulaires lui prêtent un air sévère que dément toutefois son sourire franc, aux dents étincelantes. Sa peau pâle est sans défaut, à l'image de ces mannequins qui figurent dans les publicités de produits corporels. Bien qu'elle soit assise sur la photo, je devine une silhouette svelte, proportionnée, harmonieuse.

Si je ne savais pas mieux, je dirais qu'il n'y a aucune chance au monde pour que cette femme adorable se soit rendue coupable d'infidélité. Mais j'ai appris il y a longtemps qu'on ne peut se fier qu'en partie aux apparences. Disons seulement que l'épouse de Pierre Choquette semblerait beaucoup plus à sa place dans une chorale chantante que dans les bras d'un amant secret.

Mon client me dicte l'adresse de la firme d'actuaires où œuvre son épouse somptueuse. En échange, je lui divulgue mes honoraires. Il me verse séance tenante une généreuse avance que je fais disparaître dans ma poche.

« Je soupçonne qu'elle me trompe le soir. Elle rentre rarement avant vingt-deux heures, en prétextant un surplus de travail au bureau.

– C'est ce que font les carriéristes, vous savez. Ça n'a rien de suspect.

– Je sais cela, rétorque durement Choquette. Sauf que je ne suis jamais capable de la joindre du premier coup. Je dois laisser un message et elle me rappelle. »

Ça, c'est effectivement plus louche. Mon client se lève et s'apprête à partir. C'est un bel homme, mais dont la confiance est sérieusement entamée par le doute insidieux. Dans ces moments, on ne réfléchit pas nécessairement à notre mieux.

« Suivez-la et faites-moi un rapport. C'est tout ce que je demande. »

✧

Le soir venu, je me réfugie sous une niche de béton de l'immeuble situé en face de la firme qui emploie Mme Choquette. Je sais qu'elle s'y trouve encore puisque j'ai pris soin de loger un appel depuis ma voiture. La pluie tombe avec toujours autant d'insistance, le tonnerre gronde en continu et le ciel plombé de nuages noirs semble prêt à s'abattre sur ma tête.

Je dois patienter jusqu'à dix-huit heures pour voir ma surveillance récompensée. Jusque-là, surtout des hommes ont franchi les grandes portes de cuivre du bâtiment. Sur les trottoirs, bien peu de passants. La pluie torrentielle a découragé les plus vaillants marcheurs.

L'humidité me transperce les os, comme des milliers d'aiguilles acérées. Cinq minutes avant qu'elle sorte enfin, l'orage cesse subitement. Le vent bouscule les nuages et quelques trous laissent même filtrer les rayons du soleil.

Je la reconnais tout de suite. Même de cette distance, ses yeux bleus affirment leur dominance. Ses beaux cheveux sont rassemblés sur sa tête, dénudant la ligne sévère de sa nuque. Elle porte un tailleur ample, qui banalise ses formes que je devine exemplaires, indécelables sous ce savant camouflage.

Je l'ai dit : Mallorie Choquette ne correspond pas à la femme adultère que je suis habitué de côtoyer. En tout cas, pas dans sa définition pure. Et ce n'est pas parce que j'ai le béguin pour elle. Je sais juger objectivement ce que j'observe. Je veux qu'elle soit différente, que son histoire ne soit pas celle classique du désœuvrement d'une femme délaissée.

Elle marche donc d'un bon pas, son attaché-case se balançant au bout de son bras. Depuis l'éclaircie, les trottoirs se sont remplis et je la file en permettant à quelques personnes de s'interposer entre nous.

Je fixe mes yeux sur sa nuque blanche, très droite, presque tendue. Comme toutes les fois où je me lance dans une filature, mon cœur bat à tout rompre. Peut-être même un peu plus cette fois. Je ne la connais même pas et cette femme me met dans tous mes états. Que vais-je découvrir sur son compte ?

Elle se dirige au sud, vers le centre-ville, sans ralentir le pas. Puisque l'orage est terminé, les restaurateurs essuient les tables des terrasses, où les clients commencent à affluer.

Mallorie Choquette tourne au coin d'un édifice historique et je la perds de vue durant quelques secondes. Quand je bifurque à mon tour, elle a disparu. C'est impossible ! Elle n'avait que quelques pas d'avance sur moi.

Je pénètre dans le petit bistro italien qui occupe le rez-de-chaussée de l'édifice. Je me faufile parmi les clients et les serveurs. Le couloir du fond mène aux toilettes d'un côté et à la cuisine de l'autre. J'essaie les toilettes pour femmes. Désertes.

Je me précipite ensuite dans les cuisines où un chef de mauvais poil me vilipende dans un français teinté d'italien.

« Mais qu'est-ce qué vous faites tous ? Vous z'avez pas le droit de circuler ici ! »

J'avise la porte qui mène à l'extérieur, la seule autre issue du restaurant. Je la pousse et je me retrouve dans une ruelle. Tout au bout, je reconnais Mallorie Choquette et son déhanchement hypnotique. Elle a encore pressé le pas au milieu des détritus qui jonchent le sol.

Je ne crois pas qu'elle m'ait repéré. Alors, pourquoi a-t-elle utilisé ce subterfuge ? Je m'élance à sa suite, plus intrigué que jamais. Je remarque la seule touche d'audace chez elle : elle porte des mules chics, mais sans collant. Pour tout le reste, Mallorie Choquette est ultra-conformiste.

Elle parvient au bout de la ruelle mais juste avant de retourner sur l'artère principale, l'objet de ma filature disparaît encore. Je me mets à courir en jurant entre mes dents. Je stoppe devant une porte anonyme qui s'ouvre dans un mur de briques, cachée derrière un conteneur à ordures qui dégage une odeur nauséabonde. C'est par là qu'elle est passée.

Je pousse le battant qui n'est pas verrouillé. Une musique basse, très rythmée, m'assaille quand je mets les pieds à l'intérieur. Je longe un couloir sombre, si obscur que je dois m'appuyer au mur le temps que mes yeux s'acclimatent au changement de luminosité.

Après avoir suivi tout un dédale de couloirs, je débouche sur une petite salle obscure. Sur une scène aménagée en son centre, deux femmes dansent nues autour d'un seul poteau. Tout autour, les simples tables circulaires sont occupées par une marée d'hommes d'affaires en manches de chemise, tout droit sortis des tours à bureaux environnantes.

Sur de petits tabourets jouxtant les tables, une douzaine de filles se tortillent pour de l'argent. Tout au fond, près du bar, une série d'isoloirs accueillent les clients qui en veulent un peu plus. Les rideaux sont tirés pour deux d'entre eux et je vois les chevilles fines des danseuses qui offrent plus que la norme.

J'avise aussi le portier géant qui monte la garde près de la porte officielle du club. Je me dépêche de m'asseoir avant qu'il remarque mon entrée illégale. Mais où est passée Mallorie Choquette ? Et que ferait-elle ici ?

Une serveuse aux seins nus, indiscutablement refaits, pose une bière devant moi sans que je l'aie demandée. Je dois payer un montant équivalent à une deuxième hypothèque, que je me promets bien de refiler à mon client sur mes honoraires.

Je ne vois Mallorie Choquette nulle part. Si elle était ici, sa présence radicale l'aurait mise sur la sellette. Elle détonnerait dans cet antre plus que douteux du sexe facile avec son tailleur strict, son allure sévère, mais avec son si joli minois. Sa présence en ce lieu de perdition aurait été aussi déplacée que celle de la fée des étoiles dans les Antilles.

Il ne me reste qu'à descendre tranquillement ma bière, en évaluant mes options. Elle est probablement ressortie par l'avant. Sauf qu'une telle conduite signifierait qu'elle a repéré ma filature, ce qui est pratiquement impossible. Je m'apprête à interroger le portier aux bras croisés quand Mallorie Choquette réapparaît.

Ce n'est toutefois plus la même femme, mais mon œil aiguisé de limier ne se laisse pas prendre au piège. Le moins que je puisse dire, c'est que Mallorie Choquette a radicalement changé de tenue. Elle a troqué son tailleur d'actuaire pour une seule culotte de cuir noir, assortie à des bottes cavalières lacées sur ses tibias. C'est tout.

Ses seins blancs attirent mes yeux. Je manque d'en échapper ma bouteille. Sa nudité a quelque chose d'outrageant, après l'avoir vue habillée de son tailleur très professionnel. Cette filature s'annonce indiscutablement comme l'affaire la plus intrigante de ma carrière !

Juste avant de monter sur scène avec une collègue danseuse, Mallorie m'adresse un sourire de connivence. La musique électrisante de Pat Benatar retentit dans le club, accélérant encore les battements de mon cœur. C'est un sourire professionnel à un client, rien de plus. Elle ne se doute pas un seul instant que je l'ai suivie jusqu'ici.

Ce que je peux dire sans me tromper, c'est que l'actuaire sérieuse et très professionnelle n'est plus. Mallorie Choquette est devenue Cynthia Black, à en croire les paroles de l'annonceur maison.

Elle a libéré ses longs cheveux, qui couvrent maintenant ses épaules blêmes de tentacules noirs. Elle a aussi considérablement modifié son visage avec un maquillage élaboré ; ses yeux sont assombris de noir, ses lèvres auparavant discrètes soulignées d'un flamboyant rouge.

Le bijou encastré dans son nombril doit être factice, ainsi que les deux gros anneaux suspendus à ses mamelons matures. Ses doigts et ses orteils s'alourdissent de bagues qui n'y étaient pas tout à l'heure.

J'avais raison pour ses courbes. Elle n'a rien à envier aux plus beaux mannequins du monde. Ses seins opulents, couronnés de cimes rouges, telles des cibles à atteindre, sont saupoudrés d'une poudre brillante.

Mallorie et sa très suave collègue évoluent autour du poteau, en s'aspergeant copieusement d'une huile contenue dans des vaporisateurs. Les mâles conquis dans la salle sifflent en les regardant se frotter ensemble avec des mouvements sensuels. Mallorie balance ses hanches en harmonie avec la musique, en dévisageant tous ces hommes qui la boivent des yeux. Je n'y fais pas exception, même si j'essaie de ne rien en laisser paraître.

Les yeux très bleus de Mallorie rencontrent les miens, s'y accrochent pendant quelques secondes. Une éternité. Très franchement, j'en ai oublié les intérêts de mon client, la raison première de ma présence ici, tandis que Mallorie Choquette presse ses seins huileux contre ceux tout aussi rebondis mais artificiels de sa collègue.

Réunies autour du poteau, les deux danseuses s'embrassent à pleine bouche, dont les pourtours sont maculés d'huile. Si la poitrine de la seconde danseuse est rapportée, leur étreinte très sentie n'a, quant à elle, rien d'artificiel. Je pourrais même jurer les entendre gémir au-dessus de la musique. Après tout, je prends peut-être mes rêves pour la réalité !

Leur numéro s'achève sur une chorégraphie hallucinante où elles marient à la perfection leurs parties génitales gainées de cuir et où elles miment un orgasme dépravé. La finale laisse le public masculin béat d'admiration. Mallorie descend de scène sous une salve d'applaudissements, en s'essuyant le corps avec une grande serviette.

Celle que j'ai filée jusqu'ici vient tout droit vers moi. Sa démarche assurée fait trembler ses seins fermes. Je remarque qu'elle a perdu l'anneau qui ornait son mamelon gauche. L'huile a également éclaboussé sa culotte de cuir.

Mallorie pose les mains sur les accoudoirs de ma chaise, puis elle appuie son front contre le mien. Ses seins dégagent une chaleur envoûtante. Son haleine sent la cannelle, ses yeux ne sont que deux braises incandescentes.

« Je suis certaine que tu meurs d'envie d'une danse en privé », suggère-t-elle d'une voix de louve.

Sans me laisser le loisir de répondre, elle prend ma main et m'amène directement dans un isoloir. Pour plus de discrétion, elle presse le rideau contre une bande velcro. Je m'assois sur un tabouret, tandis qu'elle reste debout, tout simplement splendide. Qu'est donc devenue l'actuaire réservée ?

« Pour cinquante dollars, je peux te sucer. Moyennant cent dollars, tu peux avoir la complète », décline-t-elle d'une voix totalement empruntée.

Parfois, il m'arrive de maudire mon honnêteté. Justement lors de moments comme celui-ci, où je devrais fermer ma grande gueule et profiter de l'instant présent.

« Votre mari m'a embauché pour vous filer, lui dis-je solennellement. Je suis détective privé. »

Seule une légère contraction de ses paupières m'indique qu'elle est contrariée. Elle défait pourtant ma braguette d'une main habituée et m'enfile un condom qu'elle a tiré d'une pochette de sa culotte.

Mallorie Choquette suce comme une véritable experte. Elle suce comme si sa vie en dépendait, les yeux fermés, les joues rondes, en salivant si abondamment qu'un filet unit ses lèvres à mon gland. Je dois l'arrêter pour ne pas exploser dans le préservatif.

Le sourire aux lèvres, Mallorie se relève. Elle prend mes mains et les pose sur sa culotte. La décision m'appartient. Je tire, doucement, révélant sa vulve bien épilée. Ses lèvres roses sont incroyablement invitantes.

Elle monte sur le tabouret et se laisse descendre sur mon érection. Dès lors, je suis perdu. Je trahis mon client avec un grand bonheur, une euphorie alimentée par ces grands yeux bleus qui me détaillent à peine à quelques centimètres de mon visage.

« Je savais bien… que ça viendrait un jour, halète Mallorie en m'enlaçant par le cou. Ce que je fais n'est pas sans risque. »

Elle monte et descend sur ma verge, ses bottes posées sur les barreaux du tabouret. Elle serre son vagin autour de moi, ses seins huileux souillent ma chemise blanche avant de se frotter sur mon menton. Ses mamelons tendus sont comme un fer chaud qui marque ma conscience d'une trace indélébile.

« J'en ai besoin… c'est ma folie, mon obsession… le sexe pour le sexe. »

Elle mord sa lèvre. Ses yeux sont troublés par son plaisir, je ne sais moi-même si je vais pouvoir poursuivre encore très longtemps.

« C'est ici que je peux me défouler… sinon je ne pourrais vivre… Sans cette façade… je suffoquerais… je mourrais… à petit feu… Oh ! C'est bon ! »

Mallorie se tait un moment. Je pose mes mains sur ses hanches d'une douceur divine. Je lui empoigne les fesses pour l'aider à venir à ses fins.

« Je viens trois soirs par semaine… Ici, je suis… anonyme. Je suis Cynthia Black… On vient pour moi… comme toi… Tu es si beau… »

Elle s'interrompt pour gémir dans mon oreille, pour placer ses mamelons sur ma bouche, l'un après l'autre. Celui qui porte encore un anneau a un goût de métal quand je le suce entre mes lèvres.

« Je suis une obsédée sexuelle… je ne pense qu'à cela… Je compte les minutes chaque jour où je viens ici après le travail… »

Elle m'embrasse en tenant mon visage entre ses mains très chaudes, poisseuses d'huile.

«Je ne suis pas infidèle au sens large du terme… J'aime Pierre, mais aucun homme ne saurait me satisfaire seul. C'est viscéral, tu comprends ?»

Elle m'examine de ses yeux fiévreux en glissant sa langue sur mes lèvres. Elle pourrait me rendre fou, je pourrais développer une dépendance à cette femme-là.

«Qu'est-ce que Pierre gagnerait à divorcer ? Je ne le trompe pas… pas mentalement… Physiquement, bien sûr. Mais ce n'est pas tout à fait moi qui suis là, dans cet isoloir… Ce n'est pas Mallorie Choquette, l'actuaire… Oh Seigneur ! Ce n'est pas… l'épouse… C'est Mallorie l'insatiable… une autre qui cohabite dans mon corps… Cynthia Black.»

Elle se tend à rompre tandis que je suce encore son mamelon huileux, que j'ai peine à garder en bouche malgré sa taille envahissante. Les joues de Mallorie sont baignées de larmes alors qu'elle jouit avec une intensité consternante.

Son souffle chaud sur mon visage se précipite en râles bruyants, couverts par la musique et les paroles de l'annonceur. Je viens aussi, tétanisé par la jouissance presque douloureuse de Mallorie qui, perchée à mon cou, remue encore son bassin dans l'espoir de récupérer les tout derniers instants de son orgasme.

Elle reste blottie dans mes bras, son vagin brûlant refermé sur ma queue, ses seins écrasés sur ma chemise, ses lèvres soyeuses posées sur mon oreille. Elle caresse paresseusement ma joue de la paume de sa main.

«Qu'est-ce que tu vas faire ?» murmure-t-elle à mon oreille.

Mallorie est encore brûlante de désir, le dos en sueur, les cuisses serrées sur mes hanches.

«Que fais-tu de tout cet argent ?» lui ai-je demandé sans répondre à sa question.

Elle recule et mon pénis fuit l'antre de son vagin.

« Je donne tout à des œuvres de charité. Je ne fais pas cela pour l'argent. J'assouvis seulement ma perversion. Je lutte contre mes démons. »

Elle pose son front contre le mien. Ses yeux bleu azur reflètent sa détresse.

« Tu vas le lui dire ? »

Mallorie se rassoit sur moi, en feignant d'abord de diriger mon pénis dans son rectum, avant de l'aligner dans son vagin.

« On pourrait se revoir… si tu veux essayer autre chose d'excitant, susurre-t-elle. À moins que Pierre ne découvre tout… »

Elle me manipule. Mais c'est effarant à quel point elle le fait bien ! La pression sur ma queue me coupe le souffle. Elle se pend encore à mon cou, les muscles de ses jolies jambes bandés par l'effort. Elle sourit d'un air coupable, incapable de réfréner ses ardeurs, consciente tant de sa faiblesse que de son crime.

✧

Pierre Choquette se présente pile à l'heure de notre rendez-vous. Il se tient très droit dans son complet trois pièces, tout comme son épouse quand elle endosse son rôle étouffant d'actuaire réputée.

« J'ai votre réponse.

– Ne m'épargnez pas. »

Je soupire. J'ai bien préparé la scène.

« Si vous cherchez une raison pour divorcer, j'ai bien peur que vous ne soyez déçu.

– Pourquoi ? Ne me dites pas que Mallorie est fidèle !

– Monsieur, sa loyauté est inattaquable. »

Il me dévisage longuement, incrédule.

« Alors, que fait-elle réellement de ses soirées ? »

Hier, elle somnolait, la joue très douce posée sur mon ventre nu, sa bouche à quelques centimètres de son vice.

« Elle travaille pour des œuvres de charité. »

Pierre Choquette renifle d'un air méprisant.

« Alors, c'est qu'elle vous a berné. Mallorie est très habile. Vous ne seriez pas le premier qu'elle arriverait à duper. Je veux que vous poursuiviez la filature, que vous lui colliez aux fesses jusqu'à ce que vous sachiez tout d'elle…

– D'accord, monsieur. Je suis très consciencieux dans mon travail ! »

Un bon coup

Je suis une avocate réputée, dont les procès retentissants me valent une omniprésence dans les médias. J'ai la réputation d'être une négociatrice impitoyable. À trente-deux ans, je suis procureur de la Couronne et mes patrons me confient les grosses affaires criminelles, celles qui font la manchette et alimentent les conversations à la machine à café.

Je travaille certainement soixante-dix heures par semaine, ma vie sociale n'a jamais décollé, et les amoureux me fuient comme la peste. Je saute les repas, sinon je mange mal, et j'expulse les mauvais gras ingérés en nageant une heure chaque matin, bien avant que le soleil se lève.

Quand la tension au boulot devient insupportable, quand je sens que mes soupapes vont sauter, je sais très bien ce qui me reste à faire : je dois tirer un bon coup avec Normand. Lui aussi célibataire, il est mon ami depuis des lunes. Nous nous rendons mutuellement service une ou deux fois par mois. Nos rencontres sont dépourvues de romantisme, exemptes de sensualité. Ce ne sont que des baises à l'état pur, un défoulement qui remet les pendules à l'heure.

Habituellement, je l'appelle pour le prévenir de ma visite. Mais ce soir, j'ai décidé de lui faire la surprise. J'ai quitté le bureau à dix heures, après une journée éreintante de plaidoiries, et j'ai besoin plus que jamais de suer à grosses gouttes en faisant l'amour.

Je prends soin de garer ma voiture plus loin dans la rue et de marcher jusqu'à son appartement, niché au troisième et dernier étage d'un petit immeuble en briques. Je prends la précaution de ne poser que la pointe de mes souliers sur les marches brinquebalantes. Je veux le surprendre au lit et le réveiller avec des caresses coquines.

Normand m'a confié une clé de chez lui, pour que je puisse y circuler à mon aise. J'entre le plus silencieusement possible, en m'orientant du mieux que je peux dans la noirceur du logement. Si ce n'était de sa respiration profonde, j'aurais pu croire qu'il était absent.

Je commence par me détendre un peu sous la douche, que j'étire jusqu'à ce que la vapeur envahisse la pièce. J'utilise ma serviette pour essuyer la buée sur le miroir.

Je suis plutôt satisfaite de ce que je vois. Une belle femme aux cheveux bruns et bouclés comme un mouton. De grands yeux expressifs, un menton volontaire, une bouche généreuse dont Normand vante sans cesse les mérites. Mes seins n'ont jamais eu le tonus que je leur aurais souhaité, mais les hommes vénèrent leur volume, qui me vaut régulièrement des regards à la dérobée. Mes hanches rondes, bien roulées, précèdent des fesses musclées par la nage. Mes longues jambes héritent aussi des bienfaits de mes exercices.

J'attache mes cheveux, car Normand aime bien voir ce que ma bouche accomplit. J'accroche ma serviette et je me dirige vers la chambre, qui a été témoin de plusieurs de nos ébats sulfureux. Il y a dans un coin une veilleuse que nous avons l'habitude d'allumer pour jeter un éclat fantomatique sur nos activités.

Normand dort du côté de la fenêtre, fidèle à son habitude, mais je fronce les sourcils en découvrant que ma place est prise. Une autre brunette est effectivement étendue sur le ventre, son bras déposé sur le torse de Normand. Ils sont tous deux nus, le drap est remonté sur leur taille, et ils dorment paisiblement.

Bien qu'il ne soit qu'un ami et un partenaire sexuel à mi-temps, je suis contrariée de découvrir aussi subitement que je ne suis pas exclusive. Je me surprends à la détailler, cette rivale qui occupe ma place, et qui a visiblement tiré son coup avant moi.

J'essuie l'eau qui ruisselle sur mon visage. La meilleure chose à faire, ce serait de partir aussi silencieusement que je suis entrée. Mais bien entendu, ce n'est pas ce que je vais faire. Je m'approche plutôt du lit et je tire délicatement sur le drap pour révéler leur nudité.

Je connais déjà celle de Normand dans ses moindres détails. C'est plutôt elle que je veux voir, à qui je veux me comparer, et je la déteste déjà juste à regarder les deux croissants parfaits de ses fesses. Je suis assez objective pour les qualifier de magnifiques : petites, rondes et très lisses.

Ses jambes minces ne sont pas à dédaigner, tandis que son dos semble sculpté dans l'ivoire. Je m'approche encore pour détailler le petit tatouage sur sa fesse droite, un papillon aux ailes déployées. Je le touche du bout du doigt et un courant électrique circule automatiquement dans mes veines.

Je prends vite ma décision. Je suis toujours aussi tendue et je ne connais qu'une façon de me délester de cette tension. Je grimpe sur le lit, entre les deux tourtereaux. Normand affiche une demi-érection, et les quelques traces de morsures sur son ventre me font sourire. Ainsi, la belle est une furieuse baiseuse !

Je m'agenouille entre ses jolies jambes et je lèche sa fesse où commence son tatouage. Elle geint dans son sommeil. Son entrejambe dégage un arôme persistant de sperme. Ils ont fait l'amour juste avant de s'endormir, ce qui me fait encore un pincement au cœur.

Je prends garde que juste ma langue touche les lèvres roses de sa vulve, encore collantes de l'assaisonnement de mon ami, proéminentes comme j'aurais aimé les miennes. Ça rend les hommes dingues, m'a déjà confié l'une de mes amies assez pourvue à ce niveau.

L'inconnue remue un peu alors que je lèche le sperme séché de Normand sur son sexe. Puis, elle se retourne enfin, probablement convaincue d'avoir encore affaire à mon ami. Elle garde les yeux fermés et sourit, en soupirant d'aise et en s'étirant.

À l'aveuglette, elle tend les mains pour guider ma tête. Quand ses doigts s'emmêlent dans mes cheveux, elle ouvre soudainement les yeux. Puis, elle me regarde longuement, sans mot dire. Elle sait forcément qui je suis, puisque Normand conserve plusieurs photos de moi un peu partout dans son appartement.

Elle jette aussi un œil à son partenaire, qui dort comme une bûche, inconscient qu'une scène dont il rêve peut-être depuis longtemps se déroule dans son propre lit. Une fois qu'elle est bien certaine qu'il dort, elle ouvre les jambes en souriant et je mange copieusement son sexe emballant.

Je me découvre une passion pour sa pêche, rasée très ras, aux lignes caricaturales. J'y noie mon nez et ma bouche, en m'empiffrant des saveurs combinées de mon ami et de cette étrangère aux seins menus, dont les pointes se révèlent aussi grandioses que ses lèvres. Elles sont d'une longueur impossible. Bien qu'elle les roule entre ses doigts, il en ressort encore une partie appréciable.

Intriguée et excitée, je viens m'en gaver. Elles remplissent ma bouche et semblent incongrues sur ses petits seins par ailleurs anonymes. Le silence se meuble peu à peu de nos gémissements étouffés.

Elle tire doucement sur ma jambe. Elle veut que je la monte. Je m'installe donc sur sa bouche et je reprends simultanément des bouchées gourmandes de sa vulve sans pareille.

Je n'ai jamais été friande du soixante-neuf, car je suis bien incapable de profiter des caresses d'une bouche en même temps que je me concentre sur une fellation. Mais cette fois, le pénis est remplacé par un vagin, bien que ça ne fasse aucune différence. Ses lèvres gélatineuses claquent sur ma langue et ce seul son très unique déchaîne mes passions pour son sexe grandiose.

Je suis tellement concentrée sur ma tâche que les élans de ma partenaire pour ma propre vulve me laissent pratiquement indifférente. J'en ai oublié tout ce qui m'entoure, jusqu'à ce qu'un gland circoncis se présente à l'orée des lèvres que je badigeonne de ma salive.

Nos gémissements ont finalement éveillé Normand, tout sourire, tandis qu'il écarte ma langue pour pénétrer ma compagne. Ses grosses lèvres avalent sans peine sa queue raide et je suce son clitoris sous les yeux ravis de mon amie.

Soumise à toutes ces attentions, elle ne résiste pas longtemps à l'orgasme qui déferle. Sa langue cesse de me lécher et elle crie dans l'abri de ma vulve son extase apocalyptique.

Normand vient peu après. Il se retire pour arroser cette vulve d'exception de son jet puissant, et dont il réserve les derniers soubresauts pour le fond de ma gorge. Une fois que j'ai tout avalé, je me régale de la vulve de ma compagne, le sperme coule sur ses lèvres comme s'il s'agissait de gouttières pour la pluie.

Puisque Normand n'est plus en état de me satisfaire, elle prend le relais. Elle me pénètre d'un doigt, puis de deux, et elle risque même un troisième en découvrant mon état de lubrification extrême.

Je remue sur sa bouche, qui prend encore soin de mon clitoris, tandis que ses doigts habiles stimulent mon poing G. Normand joint sa bouche à la sienne, ils sont deux à faire équipe autour de ma vulve et ma croupe pour me faire flancher.

Je viens en cascades, si fort que je crains un moment de m'évanouir. La pièce tourne, je vois des points noirs, je cherche mon air. Elle siphonne mon clitoris dans sa bouche et Normand a joint l'un de ses doigts aux trois autres.

Tout mon corps frissonne avant que je bascule sur le dos, mon pied nu posé sur le torse de Normand. J'embrasse ma partenaire, nous échangeons nos saveurs respectives.

Je roule sur le ventre et je dépose un petit baiser sur le nombril de l'inconnue. Si son corps éveillait plutôt ma jalousie, il suscite désormais mon désir.

« Eh bien, Normand, tu ne nous présentes pas officiellement ? »

Ce dernier me regarde, encore engourdi par son orgasme. Les hommes sont comme ça, on dirait qu'ils éjaculent leur cerveau et qu'ils mettent un temps fou à le récupérer.

« Bien sûr. Rosanne, je te présente Maggie. Elle vient me tenir compagnie de temps à autre. »

Je la dévisage. Elle est fort jolie avec les mèches dorées qui zèbrent sa chevelure auburn. Ses yeux noisette, très vifs, dominent une bouche qu'on devine agréable à embrasser. Ses petits seins ressemblent à deux poires miniatures.

« C'est drôle, mais il me semble que ton visage ne m'est pas inconnu. »

Normand pouffe de rire. Il s'est levé et nous apporte des bouteilles d'eau.

« Normal, puisqu'elle couvre les affaires criminelles au palais de justice. Maggie est journaliste ! »

J'écarquille les yeux. Maggie dépose un baiser humide sur ma joue avant de se lever. Elle a de belles grandes jambes très gracieuses.

« Je dois dire que vous léchez aussi bien que vous plaidez, maître. Mais ne vous en faites surtout pas, je n'y ferai pas allusion dans ma prochaine chronique ! »

Heures supplémentaires

Il est midi passé et mon ventre crie famine. Je soulève le combiné et j'appelle Dominique, qui est non seulement ma subordonnée, mais aussi mon amie. Après cinq coups, sa voix enregistrée sur sa boîte vocale m'annonce qu'elle n'est pas disponible.

Nous avions pourtant convenu de manger ensemble. Il fait un temps splendide dehors et nous devions casser la croûte sur l'une des terrasses ensoleillées des restaurants avoisinants.

Je prends mon sac à main et j'emprunte le chemin du bureau de Dominique, situé au sous-sol. Dans les couloirs, je salue quelques collègues. Malgré l'arrivée officielle de l'été, l'administration tarde à activer l'air climatisé. Ma robe légère me colle au dos comme une seconde peau.

Par une telle humidité, qui doit frôler les quatre-vingt-cinq pour cent, mes cheveux blonds frisent naturellement. Peu importe le temps que je consacre à ma coiffure le matin, mes cheveux sont désordonnés dès l'heure du lunch. Deux mèches bouclées collent justement à mes tempes moites. Loin de me désavantager, cette propension à boucler par temps humide me prête un air frivole qui plaît aux hommes.

L'ascenseur m'amène au sous-sol, où l'air est nettement plus frais. L'atmosphère est aussi plus lugubre avec tous ces tuyaux qui serpentent au plafond. Si j'étais Dominique, j'exigerais qu'on m'installe aux étages supérieurs, où les fenêtres permettent au moins de profiter de la température extérieure.

Le bureau de mon amie est le tout dernier au bout du couloir. Je remarque que sa porte est fermée et que le rectangle givré de la vitre est complètement sombre. Il n'y a aucune lumière. Peut-être a-t-elle décidé de m'attendre dehors ?

Je m'apprête à tourner les talons quand j'entends un faible gémissement de souffrance, suivi d'un sifflement ininterrompu, semblable à celui d'une bouilloire qui commence tout juste à chauffer. Ça semble provenir du bureau de mon amie. Est-elle blessée ? Peut-être a-t-elle eu un bête accident et qu'elle a été incapable de téléphoner ?

J'utilise mon passe-partout pour entrer. La première vision que j'ai en ouvrant la porte, ce sont les talons de Dominique posés sur les épaules d'un homme qui me tourne le dos. Aucun doute n'est permis quant à la propriétaire de ces talons roses, burinés, malmenés par les lanières des sandales qui gisent au sol.

D'abord choqués, mes yeux détaillent ensuite la scène avec plus d'acuité. Dominique est étendue sur son bureau, sa jupe blanche remontée sur ses cuisses bronzées, son chemisier béant, le soutien-gorge à balconnets rabattu sous ses seins excités.

Entre ses cuisses frémissantes s'exerce Donato, debout, le pantalon aux genoux. Il est le tombeur officiel des lieux, le don Juan dont il faut se méfier à tout prix, car ses attentions n'ont jamais rien de gratuit. Il est soupçonné d'avoir couché avec une bonne vingtaine de collègues et ce nombre croît sans cesse.

Des papiers gisent par terre, renversés dans la hâte du couple à passer à l'action. L'écran de veille de l'ordinateur jette sur leurs actes une lueur blafarde. Je suis assaillie par une puissante odeur de sexe, absolument impossible à confondre.

Les gémissements plaintifs, que j'ai associés à tort à de la douleur, proviennent effectivement de la bouche de mon amie. Et ce sifflement bizarre aussi. Dans mon empressement à lui porter secours, la porte va claquer contre le mur avant que je puisse la retenir.

Les deux tourtereaux tournent la tête vers moi. Sur les traits de Dominique, je lis immédiatement la honte. Sur ceux de Donato, la crainte.

« Toi, remonte ton pantalon et tire-toi ! Fous le camp ! » ai-je explosé, laissant libre cours à ma furie.

Donato ne demande pas son reste. Il franchit le seuil de la porte avant même d'avoir bouclé sa ceinture. J'ai juste envie de lui flanquer un coup de pied au derrière au passage. Mais je réussis à me contrôler.

Dominique s'est redressée. Ses seins frondeurs ont perdu un peu de leur superbe. Ses yeux fuient les miens, comme si le fait de ne pas me regarder pouvait amoindrir ma fureur.

« Et toi, tu me déçois tellement », lui dis-je en secouant la tête.

Trop hébétée pour se rhabiller, elle reste assise sur le coin de son bureau. La tache sombre de son sexe me fait lever les yeux. Ses joues sont encore rouges d'excitation. Il lui faut d'ailleurs un moment pour que ses yeux reprennent leur vivacité coutumière.

« Sabrina… », commence-t-elle d'une voix chevrotante.

Je ne lui laisse pas le temps de s'expliquer. Comment pourrait-elle se justifier ? Je ramasse sa culotte, que je lui tends comme un torchon. Elle s'empresse de l'enfiler sur ses hanches. Elle ajuste ensuite sa jupe froissée, tout en laissant ses seins béants au-dessus de son soutien-gorge.

« Je n'arrive pas à le croire, Dominique. Tu es mariée, tu as des enfants. Tu as une famille, bon sang ! Regarde-toi un peu. De quoi as-tu l'air ? »

Je contourne le bureau. Je cherche en vain dans la corbeille les traces d'un préservatif. Je mets les mains sur mes hanches. J'aurais juste envie de la gifler pour lui inculquer un peu de bon sens.

« Et tu ne te protèges même pas ? À quoi as-tu pensé ? »

Jusque-là stoïque, Dominique assène un coup de poing sur le bureau, justement là où reposaient ses fesses nues quelques minutes plus tôt.

« À rien, justement ! Je me suis laissée aller. Pour une fois depuis des années, j'ai pensé à moi. Juste à moi. Sans me soucier du reste.

– Tu sais que ce mec est le dragueur reconnu de la boîte. Il a probablement sauté tout ce qui bouge…

– Sauf toi, réplique ironiquement mon amie en replaçant tardivement ses seins dans les bonnets de son soutien-gorge.

– Parce que j'ai plus de jugeote que toi. As-tu pensé que tu pourrais refiler des maladies à ton mari ? À quoi ça t'avancerait ? Et puis, je suis ta supérieure. Je pourrais te congédier sur-le-champ.

– Sabrina… »

Je lève la main pour la faire taire.

« Pas maintenant. Je n'ai même plus faim, dis-je, écœurée. Essaie de faire aérer un peu. Ça sent juste le cul, ici.

– Sabrina…, implore mon amie.

– On parlera quand j'aurai décompressé. Dans un an ou deux.

– Très drôle.

– Tu m'excuseras, mais je ne suis pas vraiment d'humeur à rigoler. »

Je la regarde boutonner son chemisier. L'un des boutons a été arraché dans leur empressement à copuler. Je sors de son bureau alors qu'elle chausse ses sandales.

✧

Le soir venu, je me rends chez Dominique, qui habite en banlieue avec sa famille. Depuis ce midi, je ne songe qu'à la position très compromettante dans laquelle j'ai retrouvé mon amie.

C'est Dominique qui vient m'ouvrir. Elle porte une jupe en jeans et une camisole blanche. Elle sort pieds nus sur le perron et je ne peux m'empêcher de regarder ses chevilles, celles qui reposaient sur les épaules de Donato. De l'intérieur me proviennent les cris des enfants.

« Il faut qu'on parle, dis-je solennellement.

– Pas ici ! chuchote Dominique.

– Allons marcher. »

Mon amie risque un œil derrière elle.

« Chéri, Sabrina est ici. Je sors quelques minutes avec elle. Je reviens tout à l'heure. »

Elle n'attend pas la réponse et me rejoint, toujours pieds nus. Nous nous éloignons tranquillement dans la rue.

« *Chéri...* ? Comment peux-tu encore l'appeler comme ça ?

– Sab, c'était une baise. Une histoire de cul. C'est tout. J'aime encore Steven, je l'adore. C'est juste que parfois, j'aimerais qu'il soit moins papa et plus un amant. Ça ne t'est encore jamais arrivé de t'imaginer dans les bras d'un autre homme, juste le temps d'un bon défoulement ?

– Peut-être, mais je ne l'ai jamais fait, dis-je durement.

– Peut-être que tu aurais dû. C'est vrai, je plane encore. Ce serait encore mieux si nous n'avions pas été interrompus. »

Plusieurs couples se promènent dans les rues paisibles. Combien de ces femmes vivent de tels fantasmes ?

« Désolée, fais-je cyniquement. As-tu seulement songé si quelqu'un d'autre que moi vous avait surpris ?

– Pour ça, je te l'accorde. Nous n'avons pas été prudents. Ça ne se reproduira plus.

– Au bureau ou plus jamais ? »

Son hésitation est en soi une réponse fort éloquente.

« Je ne réponds pas à cela.

– Je pense que tu viens de le faire. Que vais-je dire à Steven ? Je ne peux pas lui mentir. Il est aussi mon ami.

– Tu n'as pas besoin de mentir. Ne rien dire n'équivaut pas nécessairement à mentir, tu sais.

– Tu me places dans une situation impossible. »

Dominique me prend par les bras. Nous sommes presque revenues à notre point de départ.

« Pas du tout ! On ne te questionnera jamais sur ce que tu as vu, puisque tu es la seule à nous avoir surpris. Je ne te demande pas de mentir. Seulement de tenir ta langue. »

Elle me dévisage longuement.

« Je suis désolée que tu sois impliquée dans tout cela. Ça n'aurait pas dû se passer comme ça. J'ai été insouciante de faire ça au bureau. Écoute, il faut que je retourne à la maison. J'avais promis aux enfants que Steven et moi les amènerions manger une glace. »

Dominique me serre dans ses bras. Je la rappelle alors qu'elle remonte l'allée vers la maison.

« C'était bon, au moins ? »

Elle me sourit. Ses yeux se mettent à pétiller.

« Mieux que ça… »

Elle revient vers moi. Elle pose les mains sur mes épaules et murmure un mot à mon oreille, avant de repartir au trot. Tandis que je retourne chez moi, le mot résonne encore dans ma tête : *cochon.*

✧

Je ne revois pas Dominique durant quelques jours. À la maison, je suis distraite, ce que ne manque pas de remarquer mon mari. Il y a cette vision qui m'obsède ; celle des chevilles de mon amie autour des oreilles de son bouillant amant. Son dos en sueur estampé sur le bureau. Et puis, il y a aussi ce gémissement que j'ai d'abord associé à une souffrance.

C'est cette obsession, associée à la curiosité de savoir si elle poursuit son aventure qui me décide à suivre Dominique. Les trois premiers jours, elle rentre sagement à la maison après le travail. C'est le jeudi, par une chaude journée ensoleillée, que je la file jusqu'à un grand parc municipal. Elle gare sa voiture et s'engage dans un sentier boisé, jusqu'à un étang où des familles louent des canots.

Dominique contourne une petite ferme où logent des animaux et elle s'enfonce dans un autre boisé, où il fait sombre et frais. Donato l'y attend, installé sur une couverture déployée au sol.

Leur rencontre n'a rien de social. Ils se déshabillent mutuellement et se retrouvent vite nus sur la couverture. Italien pure laine, le teint olivâtre de Donato offre un contraste frappant avec la peau pâle de Dominique, qui tient dans sa petite main sa queue brune de belle dimension.

Ils ne perdent pas leur temps en préliminaires. Si j'ai pu les suivre jusqu'ici, c'est qu'ils peuvent être surpris à tout moment. Dominique enfile un condom rose sur la queue impatiente de Donato. Pendant ce temps, il caresse les seins excités de mon amie, qui peine à bien abaisser le préservatif sur son bel organe.

Si elle est comme moi, Dominique n'a pas souvent eu l'occasion de se pratiquer ! Elle parvient finalement à son but. Elle s'installe ensuite sur le dos, les jambes en l'air, pour accueillir son amant.

Leur position préférée semble être celle où lui est appuyé sur ses poings et elle, ses chevilles posées sur ses clavicules. La même qu'ils employaient quand je les ai surpris au bureau, avec une petite variante pour s'adapter à leur position au sol.

Ainsi pliée en deux, Dominique ressemble à un objet de plaisir. Donato fait claquer ses coups comme une punition. Mon pouls bat dans mes oreilles, je ne me rappelle pas avoir été si excitée sexuellement.

J'y pensais depuis plusieurs jours, à cette scène dans le bureau de Dominique, à leur comportement animal et débridé. Accroupie derrière un arbre, je les surveille en me mordant la lèvre, gagnée par leur frénésie.

Dominique émet de nouveau ces plaintes étranges, douloureuses, comme si elle se trouvait au bord des larmes. Et puis, elle siffle comme un ballon qui fuit. Je suis obnubilée par la violence de leurs ébats.

Ils bougent tellement qu'ils se retrouvent sur l'herbe et les aiguilles de sapin. Quelques-unes se retrouvent d'ailleurs collées aux fesses de Dominique, qui rugit comme une lionne.

Je sue abondamment, je sens presque les aiguilles de sapin sous mes genoux, comme si c'était moi que Donato prenait en levrette, à grands coups décidés. Il pèse sur elle de tout son poids et Dominique s'étend à plat ventre.

Il la pénètre par-derrière, les deux mains appuyées au sol près de la tête de mon amie. Son visage est tourné vers moi, sans qu'elle me voie, puisque ses yeux contemplent le néant. Elle agrippe le gazon de toutes ses forces.

Au moment de l'orgasme, elle se cabre tel un pur-sang sur le point de ruer. Elle fait le dos rond en ahanant, jusqu'à ce que l'extase l'ait définitivement quittée.

Lui continue d'appuyer ses mains à plat sur son dos, jusqu'à ce qu'il éjacule dans le préservatif. Il se blottit contre elle et lui murmure quelques mots à l'oreille. Elle place une main devant sa bouche pour rire.

Donato déroule le préservatif, qu'il met ensuite dans sa poche. Il aide Dominique à remettre sa robe. Ses mains la caressent partout et elle est encore secouée de frissons de désir.

Dominique et son amant vigoureux se séparent à un embranchement du sentier. Je file mon amie jusqu'à l'étang, où l'attendent son mari et ses enfants pour un pique-nique, croyant sans doute qu'elle arrive tout droit du travail. Personne n'a l'idée que son corps trempé de sueur s'adonnait quelques instants plus tôt à une activité tout autre.

Je ne peux plus me taire, et je ne peux pas parler. Il ne me reste qu'une seule option.

✧

J'ai trouvé son adresse dans son dossier informatisé. Il habite un petit appartement dans un quartier branché, où les loyers sont aussi rares qu'exorbitants. La tanière du loup.

Je m'y rends tôt après le souper. Mon mari a accompagné notre fils au match de soccer. Officiellement, je viens parler à Donato pour lui demander de laisser Dominique tranquille. Officiellement.

Il m'ouvre sans broncher. Je sais qu'il me reconnaît car il n'y a aucune interrogation dans ses yeux. Il reste sur le pas de la porte, me bloquant l'accès à son appartement.

« Puis-je entrer ? »

Il s'efface pour me laisser passer, avant de m'inviter à m'asseoir au salon, où deux fauteuils encadrent une grosse malle de voyage qui sert de table. Il y a des fleurs partout, de belles gravures de la Provence sur les murs, du pot-pourri dans des pots.

Je ne me serais pas attendue à cela de lui. Peut-être plus à une série de trophées sur son manteau de foyer, un pour chaque femme qu'il a baisée. Ou peut-être à une guirlande de petites culottes multicolores.

« Veux-tu boire quelque chose ? Un verre de vin ? »

Pas question. Je dois garder la tête froide.

« Je ne serai pas longue », fais-je sèchement.

La chemise blanche qu'il porte moule ses pectoraux, accentue son teint naturellement hâlé. Il dégage un arôme puissant d'après-rasage.

« Que me vaut l'honneur de ta visite ? »

Comme s'il ne le savait pas.

« Laisse mon amie tranquille. Dominique est mariée », dis-je d'entrée de jeu.

Il reluque mes jambes nues et ça m'énerve royalement.

« Je sais, répond-il simplement.

– Tu sais ? C'est tout ce que tu as à dire ? Ça ne te fait rien ?

– Elle est assez grande pour faire ses propres choix. Je ne lui ai rien imposé. D'ailleurs, toi aussi, tu es mariée, non ?

– Qu'est-ce que j'ai à voir là-dedans ? »

Il disparaît un moment dans la cuisine, puis revient avec une coupe de vin rouge.

« Tu es mariée et tu viens ici pour me voir.

– Ce n'est pas pareil. Je suis venue pour te parler.

– Tu aurais pu téléphoner, suggère-t-il en sirotant son vin. Tu es certaine de ne pas en vouloir ? Il est excellent. Juste à la bonne température.

– Non, je n'en veux pas. Et pour certaines choses, rien ne vaut un contact direct.

– C'est aussi ce que je pense. »

L'allusion sexuelle ne m'échappe pas. Ses yeux brillent d'un éclat vénéneux.

« Tu peux avoir un tas de filles. Pourquoi Dominique ?

– Parce qu'elle a le feu au cul, tu vois ? Elle veut tellement se prouver qu'elle peut être une bonne amante qu'elle ne recule devant aucune extravagance… »

J'avale difficilement ma salive.

« Comme quoi ?

– L'autre soir, elle m'a laissé l'enculer. Elle a hurlé à s'en péter les cordes vocales. Et je suis certain que son mari ne l'a jamais vue avaler son sperme. Moi, si. Et tu l'as entendue gémir quand elle a du plaisir ? On dirait qu'elle est assise sur des braises ardentes. »

Je m'en souviens très bien. Ça me bouleverse encore. Se peut-il qu'un homme, si performant au lit soit-il, puisse faire réagir aussi vivement une femme ?

Au-delà de cet avertissement ridicule que je suis venue lui servir, je suis surtout là pour voir si moi aussi, je réagirais de la même manière. Je veux juste qu'il le découvre tout seul.

« Ce vin est vraiment savoureux. Mais sais-tu quand il devient divin ? Sur les cuisses chaudes et douces d'une femme passionnée. Une femme qui se fout éperdument des protocoles du bureau, ou celle qui vient chez moi sous un faux prétexte.

– Je…

– J'aime aussi le verser sur une vulve frissonnante, sur le clitoris que j'aime ainsi ivre. »

Je ne réponds pas. Je dois être rouge écarlate.

« Le rouge te va bien », confirme-t-il en souriant.

J'entends encore Dominique geindre comme un animal blessé. Serais-je capable de connaître de telles sensations ? Il vient s'asseoir contre moi. Il me communique sa chaleur, sa passion. J'essaie de ne pas broncher. Il n'est pas dupe, il a tout compris du motif réel de ma visite dès que j'ai franchi le seuil de sa porte. Ce genre d'homme peut sentir le désir d'une femme à des kilomètres à la ronde.

Je porte un jupe courte qui découvre mes genoux. Il en prend un dans sa main et je ressens l'onde de chaleur qui remonte le long de ma cuisse. Sous ma camisole rouge, mes seins pointent déjà d'excitation.

« Qu'est-ce qui t'a frappée quand tu nous a vus ? » me demande-t-il dans le creux de l'oreille.

Sa voix n'est guère plus qu'un murmure. Ses doigts remontent entre mes cuisses où la chair est particulièrement dodue.

« Ce gémissement… dis-je dans un souffle. Comme si elle souffrait.

– Mais encore… insiste-t-il gentiment, en posant le bout de ses doigts contre la fourche de ma culotte.

– Ses talons… » Je ris. « C'est idiot, mais ses talons posés sur tes épaules… j'ai trouvé cela très érotique. »

Il se lève et prend place entre mes cuisses. Il déplie ensuite mes jambes et les place autour de sa tête.

– Comme ça ? fait-il en caressant mes chevilles nues posées sur ses clavicules.

– Mmm-mm. »

Il retire ma culotte et fait tomber mes mules au passage. Puis, il baisse son pantalon. La base de sa queue mince et longue est cernée de poils noirs très courts. Sa queue entre en moi, tel un remède à mes souffrances. Il m'injecte une dose létale de plaisir.

Je savoure son intrusion au plus profond de mon ventre. Sa queue explore des contrées jusqu'alors inatteignables, mais que la longueur appréciable de son engin lui permet de fouler.

Je caresse son torse avec mes pieds, ses mamelons avec mes orteils. Je transpire abondamment et lui aussi, si bien que mes jambes étirées glissent sur son corps brûlant, comme si on nous avait préalablement enduits d'huile.

J'ai nettement conscience de ce que je fais, du délit que je commets envers mon mari et ma famille. Je choisis pourtant de ne penser à rien, sinon à moi. Juste à moi. Je me concentre sur les sensations divines que me procure sa queue magistrale, dont il se sert avec tout le brio qu'une femme est en droit d'attendre d'un charmeur reconnu.

Pendant qu'il me pénètre, il fait jouer sa langue sur mes jambes. Puis, il suce amoureusement mes orteils, en les gardant longuement en bouche. Aucun de mes amants précédents n'a jamais accordé autant d'importance à mes pieds et je constate qu'ils représentent une zone fort érogène.

Sans ressembler à mon amie Dominique, je pousse néanmoins des exclamations ravies, un genre de grognement guttural régulier. Mes fesses flottent dans le vide, au bout du coussin.

Je me crispe à l'arrivée de la jouissance, fulgurante, possessive. Je noue mes chevilles sur ses reins, pour m'assurer qu'il ne se retirera pas. Pas tout de suite. Il continue de bouger, très lentement, le temps que je reprenne mes esprits.

Puis, il vient poser son gland entre mes lèvres et il éjacule. Je bois à petites gorgées, en grimaçant au goût amer du sperme, mais quand même désireuse de tout avaler pour lui prouver je ne sais quelle vérité. Je le suce encore quand la porte s'ouvre sur mon amie Dominique.

« Sabrina ! » crie-t-elle.

Le triomphe et la jalousie se disputent les traits de son visage. La gêne occupe tout le mien. Je cherche en vain une pièce de vêtement pour couvrir ma poitrine. Donato, arrogant de confiance, bombe le torse et semble s'amuser de la situation. Il n'y a pas mieux pour ramener une fille sur terre!

«Joins-toi à nous, Dominique. Il y a de la place pour vous deux», clame Donato.

Dominique semble ne rien entendre. Elle me dévisage et j'ai peine à soutenir son regard accusateur.

«Qu'est-ce que tu fais ici? parvient-elle à articuler.

– Je voulais découvrir ce que tu lui trouvais...»

Elle s'avance vers moi, les yeux exorbités.

«Je voulais essayer le truc des chevilles», ajouté-je, semant la consternation sur son visage.

Donato entreprend de dévêtir Dominique, qui se laisse faire sans broncher. Je devrais m'enfuir à toutes jambes, mais je suis bien incapable de bouger. En fait, je veux rester. C'est ce qui est stupéfiant.

Tandis que mon amie s'allonge nue contre moi, j'imagine déjà sur la cheminée de Donato un trophée supplémentaire. Et puis, considérant le sourire torve de mon amie, je me demande si ce n'est pas elle qui collectionne les trophées...

Véronique enchantée

Quand j'y repense après coup, j'aime croire que je l'avais senti, qu'en rentrant chez moi ce soir-là, quelque chose d'inhabituel se produirait. Mais il n'en est rien.

C'était au mois de décembre, en plein période des *partys* de bureau, dont je revenais justement. Je venais tout juste de célébrer mon trente-cinquième anniversaire de naissance. J'ignorais que ma conjointe m'offrirait un présent aussi mémorable…

✧

Dans la maison, il n'y a pas un son. Ma conjointe Annick dort à l'étage. Je me déshabille dans la salle de bain pour ne pas la réveiller inutilement et je prends une douche pour me défaire de l'odeur de tabac qui me colle à la peau.

J'entre ensuite dans la chambre. Même s'il fait très noir, je discerne la forme du corps d'Annick sous les couvertures. Debout au bout du lit, je me demande si j'obéis à mes pulsions et si je la réveille. C'est en effet quand je la tire du sommeil en la léchant que ma conjointe se montre particulièrement gourmande et désinhibée.

À tâtons, je contourne le lit et je me glisse sous les draps. C'est en me rapprochant d'elle que j'ai la nette impression qu'il y a quelque chose de différent. L'odeur, peut-être. Oui, c'est cela. Comme si Annick avait utilisé un shampooing différent.

En me blottissant contre son corps tout chaud, je me rends compte qu'il n'y a pas que mon odorat qui émet des signaux d'alerte. Les fesses que je viens de saisir n'ont absolument rien de comparable à celles que je suis habitué de manipuler. Pendant un très bref instant, je me demande si je ne me suis pas trompé de maison, avant de me réprimander pour cette réflexion idiote.

Intrigué, je me retourne pour allumer la lampe de chevet, mais une main très douce m'arrête dans mon élan. Et ce n'est pas la main d'Annick.

« N'allume pas, Thierry », chuchote une voix délicate.

Je frémis. Je reconnais cette voix fragile, à la douceur érotique, dont j'ai maintes fois imaginé la tonalité au moment de sa jouissance finale.

« Véronique... ? C'est toi ? »

Je sais déjà que c'est elle. Je n'ai pas besoin d'entendre sa voix, je le sens dans mon ventre. Véronique est l'amie de ma conjointe, et elle est aussi devenue la mienne au fil du temps. Elle est celle avec qui j'entretiens une relation parfois orageuse, mais qui ne fait qu'attiser mon désir comme l'oxygène alimente la flamme.

Véronique a toujours suscité ma convoitise, et ce, dès notre première rencontre quelques années auparavant. Je me souviens qu'elle portait alors ses cheveux très courts et qu'une salopette de jeans complimentait ses formes uniques.

Je lui ai d'ailleurs avoué, il y a quelques années, que je nourrissais pour elle le fantasme inaltérable de lui faire longuement l'amour. Depuis, j'ai l'impression qu'elle s'habille parfois pour alimenter mon fantasme, en choisissant des tenues qui me mettront sens dessus dessous.

Que ce soit à l'aide d'un décolleté osé ou avec une histoire issue de son passé, Véronique a le don de me mettre dans tous mes états.

Pour le moment, dans l'obscurité de la chambre à coucher, je suis en érection comme jamais juste à entendre le son de sa voix. Je suis tendu, énervé, excité, comme jamais je ne l'ai été auparavant.

« Véronique, je...

– Chut ! Écoute-moi, Thierry. Je suis ton cadeau de fête, offert par Annick.

– Je...

– Écoute-moi, je te dis ! Tu peux me faire ce que tu veux... Je ne te pose qu'une seule condition... tu dois avoir les yeux bandés. »

Grâce au clair de lune, je commence à distinguer celle qui nourrit mes fantasmes sexuels les plus dépravés. Elle est assise dans le lit, une main sur l'oreiller et l'autre maintenant le drap blanc sur sa petite poitrine.

Véronique est intimidée par son physique auquel je rends pourtant grâce avec une vénération qui frise la folie. Je me souviens lors d'un bain de minuit particulièrement bien arrosé, qu'elle avait été la seule parmi les femmes à refuser de sortir de l'eau sans se draper de sa serviette.

Ce n'est pas parce qu'elle n'a pas l'esprit ouvert. C'est parce qu'elle est complexée. Véronique sait que je l'idolâtre et elle craint sans doute de ne pas se montrer à la hauteur de mes puissants fantasmes qui la concernent tous.

Encore une fois soustraite à l'examen de mes yeux, Véronique sourit en attendant la réponse que je rechigne à lui donner. C'est que, voyez-vous, je m'apprête à vivre, de très loin, le plus grand moment de ma vie sexuelle, l'apogée de toutes mes expériences pourtant fort variées.

J'ai expérimenté le voyeurisme, l'exhibitionnisme et le triolisme avec Annick. Mais faire l'amour à Véronique surpasserait très aisément tout ce que j'ai pu vivre auparavant, comme si toutes mes expériences précédentes n'avaient servi au fond qu'à me préparer à celle-ci.

Je m'apprête donc à réaliser mon fantasme le plus fou et je dois le faire totalement aveugle ! Il y a quelque chose de profondément injuste dans cette proposition, ne trouvez-vous pas ?

« Alors ? » s'enquiert Véronique, dont les épaules nues luisent au clair de lune.

J'essaie de maîtriser les déraillements de ma voix.

« Tu sais bien que je suis d'accord. »

Elle tire alors un bandeau se trouvant sous l'oreiller et l'installe sur mes yeux. Juste au moment où le drap glisse de sa poitrine, je deviens aveugle. Comble de malheur, je n'ai encore jamais vu ses seins dénudés. Le contact de ses doigts sur mes tempes me fait frémir.

Fraîchement masqué, mes mains tremblantes de désir et d'émotions partent à la recherche de ses courbes chéries. Si sa peau est chaude, la mienne est bouillante et Véronique en est la bougie d'allumage.

Je la devine à genoux, tout comme moi. Je saisis une épaule, puis l'autre. Je ne peux croire que je la touche, qu'elle est nue devant moi, que ses yeux contemplent ma nudité. Ce n'est certes pas la première fois, mais je ressens moi aussi le besoin de lui plaire.

Ses cheveux sentent bon, son haleine me donne la chair de poule. À l'aveuglette, j'approche ma bouche de la sienne. De plus en plus près, jusqu'à ce que nos lèvres se touchent enfin, confirmant cette tension sexuelle qui vit entre nous deux.

Sa bouche est aussi envoûtante que je l'imaginais, sa douceur aussi exquise que je l'espérais. Je ne peux croire que je partage avec Véronique ce baiser ardent.

Je meurs d'envie de retirer ce bandeau pour l'admirer à sa juste valeur. Pour détailler parmi les ombres sa toute petite poitrine très fière à laquelle j'ai tant rêvé. Mais je sais que si j'obéis à cette puissante pulsion, tout sera aussitôt terminé. Je romprai le charme et Véronique se rebiffera pour de bon.

Mes mains ne savent plus où s'arrêter tellement je veux la toucher partout en même temps. Je m'exhorte au calme, ma fébrilité fait trembler mes membres hors de tout contrôle. Mes doigts rencontrent son nombril profond, celui que je l'encourage encore à percer. Je palpe le renflement de son ventre tout mignon, la rondeur étourdissante de sa cuisse replète.

Je suis ému, au bord des larmes, tellement j'apprécie ce moment béni, très érotique. Je m'arrête pour la sentir, juste pour la prendre dans mes bras puissants. Je savoure la caresse de sa peau sur la mienne, je m'acclimate à son physique exceptionnel. Je n'ai pas l'habitude de tenir une femme de sa carrure.

J'ai toujours aimé la serrer dans mes bras, sentir son corps solide, très féminin, se blottir contre moi. Mais je n'ai jamais pensé qu'un jour je la tiendrais nue, comme je le fais maintenant. Je lis ses courbes comme un aveugle lit le braille. Mes doigts, mes mains entières caressent ses formes et me transmettent sa beauté, sa volupté.

Je retourne embrasser ses cuisses, là où un réseau compliqué de veines les garnit très uniquement. Je glisse mes doigts sur ses fesses, point majeur de sa timidité, fait saillant de ma vénération pour son anatomie hors du commun.

Je souhaite que Véronique n'ait jamais été baisée avec une telle dévotion et que mes attentions presque maniaques la propulsent telle une fronde dans un monde de plaisirs encore inexploré.

À mon grand bonheur, Véronique échappe un râle de plaisir quand je commence à lécher la raie de ses fesses. Je suis moi-même en émoi juste de frotter mes joues sur son postérieur tout chaud.

Sur le chemin de sa vulve, se trouve l'étape incontournable de son anus. Je le lèche très légèrement. Je sens sur le bout de ma langue les petits plis tout autour, comme si son muscle très privé s'était ratatiné sur lui-même dans l'attente d'une exploration digne de ce nom.

Étourdi par son intimité, je continue sur son périnée. Je la sens déçue que je n'aie pas osé m'aventurer plus loin dans son cul, juste par la décontraction de ses muscles quand je fuis son derrière. J'ai bien l'intention d'y revenir plus tard.

J'arrive enfin à destination, celle que j'imaginais seulement en rêve, celle que j'imaginais douillette et chaude, confortable et accueillante. Véronique se redresse sur ses genoux, toute frémissante, bouillante d'anticipation. Je le sens malgré mon handicap qui me confine à la noirceur, par tous les pores de sa peau.

En me dépêtrant dans les draps, je passe à l'arrière où je tiens dans mes mains son postérieur très rond. Là, prostré entre ses cuisses, je hume ses deux orifices, longuement, avant d'y répandre mon souffle chaud. Je la sens vibrer d'impatience, alors que j'y rêve depuis des années et que cela me demande beaucoup d'efforts pour contrôler ma propre fièvre.

En me guidant avec le bout de mon nez, que je glisse entre la partie dodue de ses cuisses, je lèche enfin sa vulve déjà toute mouillée, en fermant les yeux malgré le bandeau qui les recouvre. La main de Véronique saisit ma queue, qu'elle ne parvient toutefois pas à encercler de ses doigts. Je me déplace pour me soustraire au contact intolérable de ses doigts.

Ma langue excitée déborde sur ses cuisses joufflues, que je pourlèche avec cette même voracité, avec le même empressement de goûter à chaque recoin de sa peau, avec la même anxiété de me rappeler à tout jamais ses saveurs corporelles.

Pendant que je la mange avec gourmandise, mes mains ne cessent d'explorer son corps, aussi affamées que ma langue, aveugles mais pourtant alertes, et ce que je touche me remplit d'allégresse.

Je ne pourrais décrire avec justesse les sentiments qui m'animent, l'excitation qui me chavire, alors que je couche enfin avec celle qui, depuis des nuits et des nuits, meuble mes fantasmes sexuels abondants.

Après être revenue lui dévorer la vulve, ma langue déborde encore et tombe sur son anus. Je ne m'étais pas trompé. Véronique désire vraiment que je lui bouffe le derrière. Elle abaisse son bassin et ma bouche se retrouve à couvrir sa porte arrière. Je suis si occupé par ses deux orifices que je n'ai pas encore pu me repaître de ses seins sublimes !

J'effectue d'abord des mouvements circulaires, en accentuant la pression sur sa peau, à mesure que je me rapproche des limites de son anus. Je ne veux pas entrer tout de suite, je veux l'agacer, comme une balle qui lèche la coupe au golf.

Véronique gémit plus fort quand je masse son accès avec le bout de mon index, lubrifié de salive. Elle secoue ses fesses que je me représente adorables, car ce que mes mains me communiquent suffit à me présenter tout un cinéma pornographique sur l'écran de mes paupières.

J'attaque ensuite son anus tant avec ma langue que mon doigt, ce qui provoque de nouveaux gémissements plaintifs de Véronique. Une fois que son tout petit muscle est bien dilaté, je sauce allègrement ma langue dans sa grotte enchantée, en la tortillant dans tous les sens.

Véronique réagit vivement et je me cramponne à son cul pour ne pas être éjecté de son logement chaud. J'écarte même ses fesses pour augmenter mon accès. Mes joues glissent sur la peau soyeuse de ses fesses amples et chaudes, qu'elle s'évertue à agiter sur mon visage comblé. J'ai toujours dit à Véronique que je serais volontiers sa chaise jusqu'à la fin de ses jours !

J'essaie d'imaginer la candeur de ses yeux ennuagés de plaisir, de celui que je lui procure, moi Thierry ! J'absorbe toutes ses réactions, toutes ses émotions, tous ses gestes et tous ses jurons, prononcés faiblement. Je veux m'en imbiber tout entier, pour me rappeler à jamais de tous les reliefs de sa peau, de ses odeurs et de ses points vulnérables.

Véronique jouit une première fois pendant que ma langue affairée est logée très loin dans son rectum, à goûter les saveurs exquises de son postérieur très privé. Pendant que je viole son anus, ma main tient en coupe sa vulve liquéfiée.

Je ne m'arrête pas à cet orgasme, qui n'est pour moi qu'un prélude essentiel au reste. Je glisse deux doigts en elle, un dans chaque orifice. Je réserve le plus gros, mon majeur, pour son cul brûlant. Puis, je lèche en gémissant tout autant qu'elle, son sexe avide de caresses, délicieux comme le plus sucré des gâteaux.

Véronique chute lourdement sur le côté, mais je reste obstinément soudé à ses lèvres charnelles, succulentes et bourratives. J'amène ma bouche maculée de ses orifices sur la pointe de son sein, que je suce aussi avec abandon. Je rêve à ce moment depuis si longtemps ! Je me suis représenté ses seins de toutes les manières, dans toutes les situations, mais jamais dans un scénario où je les téterais dans ma bouche !

« Thierry... encule-moi... » me demande Véronique d'une voix essoufflée, brisée par le plaisir.

Je frissonne. Je cesse de téter son sein. Une crampe tord mon estomac. Je tremble juste à songer que je vais insérer ma queue dans son conduit serré, mais surtout que je pourrais lui offrir un orgasme anal.

« À une condition, dis-je dans son oreille. Je veux te voir... je veux voir tes yeux... » dis-je sans entendre ma propre voix, tellement mon cœur bat à tout rompre.

Je veux bien la sodomiser, mais je dois voir son visage à tout prix. Je veux assister au spectacle saisissant de ses yeux candides au moment de l'enculer. C'est à mon tour d'établir mes conditions.

Avant de retirer mon bandeau, Véronique a allumé la lampe de chevet et a couvert l'abat-jour d'une pièce de ses vêtements, ce qui tamise considérablement la lumière. Lorsque je vois de nouveau, elle est déjà sur le ventre, les bras étirés au-dessus de sa tête, le visage caché dans le creux de son coude.

Pas question que je la sodomise par-derrière. Je lui demande de se retourner pendant que je cherche un flacon de lubrifiant dans la table de nuit. J'en verse ensuite généreusement sur ma queue, puisque ma salive seule ne pourra assurer son entrée sans anicroche en elle.

« Tu es si gros », murmure Véronique en relevant les jambes, qu'elle pose sur mes épaules.

J'introduis du lubrifiant avec mon index, en le poussant le plus loin possible dans son rectum. Je présente mon gland aux arêtes bien définies aux portes de son cul. J'entre délicatement, sans trop m'imposer. Elle gémit de ma grosseur tandis que je l'écartèle avec ma queue circoncise.

Elle retire ses jambes de mes épaules et plante ses talons dans le matelas. Elle halète un peu lorsque la première moitié de mon pénis s'engouffre dans son caveau. Véronique se redresse sur ses coudes pour surveiller mon pénis qui fore son rectum, d'où coule sur ses fesses adorables le lubrifiant mélangé à ma salive.

« Tu es tout rentré ? » me demande-t-elle entre deux longs gémissements.

Annick me demande souvent la même chose. C'est fou comment on peut loger là derrière. Je suis très gros, mais pas trop long. Ma conjointe a déjà accepté son amant de vingt-cinq longs centimètres par-derrière !

Une fois que je suis totalement entré, je bouge en lui tenant les chevilles. Elles sont assez grosses que je ne peux les ceinturer, contrairement à ma toute petite conjointe. Cette différence de gabarit m'excite au plus haut point.

Je me targue d'être assez endurant, Annick me reproche parfois de prendre trop de temps pour éjaculer. Normalement, je peux bouger assez longtemps avant d'abdiquer. Normalement. Mais là, il s'agit de Véronique. De ses yeux charismatiques, de ses seins fiers, que j'imaginais plus gros, mais dont je suis depuis si longtemps entiché.

J'éjacule donc dans son rectum, mais je poursuis sans relâche mes mouvements. Le sperme facilite mes efforts tout autant que ses encouragements prodigués d'une voix rauque que je ne lui connaissais pas.

Je me penche sur elle pour l'embrasser, pour téter ses seins émouvants. Plus j'active le rythme, plus elle gémit intensément. À l'aide de mon pouce, je masse son clitoris tandis que j'assaille à pleine capacité son logis chaud, très serré et, surtout, vicieux à souhait.

Quand je la regarde dans les yeux, je me demande si elle souffre ou si elle jouit, car son visage torturé ne lui ressemble plus. Ses yeux habituellement rêveurs ne sont plus que deux puits brumeux. Elle pousse encore sur ses talons en jouissant, mais je la retiens de toutes mes forces, la contraignant à l'immobilité. Je place une main sur sa gorge pour sentir palpiter son pouls, tandis que mon autre main caresse son sein fugace.

Véronique se délivre de son plaisir en hurlant de toute la force de ses poumons, avant de retomber inerte sur les draps. C'était plus violent, bien moins sensuel, mais très efficace.

J'inonde une seconde fois son rectum. Je me retire vivement pour coller ma bouche à son issue inondée. C'est juteux, brûlant, le plus succulent des péchés mignons. Surtout quand ça vient du derrière de la savoureuse Véronique.

Nous restons allongés, entrelacés. Les seins de Véronique s'aplatissent docilement sur son ossature robuste, créant une grande plaine garnie des cercles sombres de ses aréoles. Consciente du regard acéré que je vrille sur elle, Véronique étire le bras pour éteindre.

Je m'endors sur son ventre, tout près du garde-manger, temporairement repu d'elle.

✧

Je me réveille un peu abruti. Le soleil pénètre entre les lamelles des stores. Près de moi dort encore Annick. Je me trouve au chalet de Véronique, où ma conjointe et moi sommes venus pour passer le week-end.

J'ai rêvé ! Bêtement, comme je l'ai toujours fait. Je n'ai pas fait l'amour à Véronique, je ne l'ai pas sodomisée. C'était pourtant si réel. La déception est grande, comme un abîme qui m'aspire vers le fond.

Mais d'un autre côté, je suis soulagé que ce ne soit qu'un rêve. Parce que je ne pourrais jamais me montrer à la hauteur de mes intentions avec Véronique. Je ne saurais par où commencer, sans me précipiter. J'aurais peur de manquer de temps pour tout actualiser ce que je rêve de lui faire !

Surmontant ma déception, j'enfile un boxer, doublé de mon pantalon de pyjama puisque mon érection matinale est prodigieuse. Nul besoin de vous expliquer pourquoi ! Je descends ensuite à la cuisine, où je me sers un grand verre de jus d'orange.

Quelques minutes plus tard, Véronique descend à son tour. Je reconnais ses pas dans l'escalier. Elle porte aussi une culotte de pyjama, assortie d'une camisole. Sous le tissu blanc, je discerne ses aréoles sombres, comme lorsqu'elle revêt son bikini rouge à lisières turquoise.

Elle me sourit et mon érection reprend de l'ardeur. Je la revois sur le dos, ma queue plongée dans les tréfonds de son postérieur. Comme elle ne cesse de sourire, l'œil taquin, je lui demande :

« Quoi ?

– Rien, dit-elle d'un air narquois.

– Allez, crache le morceau. Tu sais que je déteste quand tu commences quelque chose et que tu ne le finis pas.

– J'ai rêvé que tu me harcelais pour baiser », lâche-t-elle tout bas, pour ne pas réveiller la maisonnée.

Je retiens mon souffle.

« Et ?

– J'ai résisté, mais il s'en est fallu de peu. Je me suis réveillée au moment où j'allais justement accepter. »

Pas de chance, songé-je en mon for intérieur.

« J'ai rêvé moi aussi.

– Ah oui ? Et à quoi donc ? »

Véronique sourit. Ses yeux candides fixés sur moi. Je louche vers ses petits seins tout mignons.

« Si j'ai de la chance, à mon prochain anniversaire... »

Soirée de gardienne

Tous en conviendront. Le décor est un peu kitch, les couleurs criardes, les miroirs abondants mais honnêtement, les clients s'en foutent éperdument. Car on ne vient pas ici pour apprécier l'agencement des couleurs ni pour le confort des sofas, et encore moins pour la décoration des chambres.

On vient pour la beauté des corps, chacun unique dans ses imperfections. On vient pour contempler ces peaux nues en sueur, pour adorer ces poitrines effleurant la surface de l'eau écumeuse du spa géant. On vient pour rencontrer un homme, une femme ou encore un couple, dans l'espoir de partager des moments inédits de plaisir.

On vient aussi pour regarder, pour entendre et pour épier. Pour s'exposer, pour s'exhiber sans artifice, pour s'aimer sans restriction. Ce sont surtout des habitués, rompus aux pratiques libres de la sexualité, et qui remarquent inévitablement les nouveaux venus.

Dès qu'on l'a vue entrer, les yeux baissés et la démarche incertaine, on a su qu'elle ne se mêlerait pas à nous. C'est souvent comme ça la première fois. Pour la majorité, il n'y en aura pas de seconde. C'est un essai, un défi, un acte de témérité qui en restera à ce stade. Ils ont tous l'impression de commettre un crime, alors que rien n'est plus naturel, si on y réfléchit. Ils s'en retournent heureux d'avoir osé, mais en même temps honteux d'y avoir même songé.

On paye donc une attention particulière à ceux-là. Ils agissent avec une sorte d'innocence touchante, avec un embarras qui ajoute une aura à leur nudité. Celle qui vient d'entrer, la main agrippée à celle de son conjoint, s'est rapidement réfugiée dans une chambre. En quelques minutes à peine, ses cris se sont rapidement fait entendre.

Pour l'instant, on entend son écho partout sur l'étage, où les chambres s'alignent comme des soldats obéissants. Nous flânons dans ce couloir étroit et jalonné de portes fermées, intrigués par ses cris, curieux de l'observer directement, plutôt que sur les nombreux écrans suspendus aux quatre coins du club et reliés en circuit fermé par des caméras installées dans les chambres.

Celle qui retient l'attention générale, c'est cette petite brunette de la chambre aux miroirs, celle qui crie haut et fort ses sensations. C'est elle qui peint ce masque de déception sur les visages des hommes et des femmes agglutinés près de la chambre, car ils ne peuvent la voir seulement que sur image.

Plus tôt, sur tous les écrans, son partenaire a pris ses fesses avec amour tandis qu'elle se positionnait à quatre pattes, lui derrière, léchant consciencieusement son postérieur généreux. Il a d'abord titillé son anus, léchant son agglomération, avant d'ajouter un peu de pression, ce qui a précipité sa langue à l'intérieur, là où ce devait être déjà humide et bien chaud. Dès lors, ils avaient toute l'attention de leur auditoire, hommes et femmes confondus, juste par la tendresse de leurs caresses intimes.

On suppose qu'elle a réagi comme à son accoutumée, quand le couple se retrouve dans sa chambre, en grimaçant de plaisir et en tapant du plat de la main sur le matelas. Car s'il est une région sensible que cet homme semble bien connaître comme le fond de sa poche, c'est bien le joli cul dodu de sa femme. Qui ne rêverait pas d'en prendre une bouchée ? Et qui parviendrait à se satisfaire d'une seule ?

Elle ne lui a probablement jamais avoué de vive voix sa préférence pour cette pratique irrégulière, se restreignant à grand-peine à le lui démontrer exclusivement en grognant, en pleurant ou en criant, pour ensuite taire ces moments de pure extase jusqu'à l'occasion suivante. Car elle-même doit être embarrassée de constater la nature de son plaisir, qui ne connaît jamais autant d'intensité que par cette avenue marginalisée par trop de femmes.

Présentement, ses jolis talons secoués par la cadence, ses cheveux balayant son visage, ainsi que ses jambes bien écartées autour des hanches de son amoureux, attestent d'un assouvissement total.

Elle gît sur le dos, au bout du lit et lui, debout, est logé en maître absolu dans son rectum. Il tient dans ses mains impressionnantes, que la majorité des femmes ont d'ailleurs remarquées, les chevilles toutes menues de la crieuse. Elle est ainsi prisonnière de sa force et s'abandonne complètement à son sort.

Son ventre est formé de trois dunes parfaites, symétriques, même mignonnes, qui tremblotent sous les assauts soutenus de son partenaire. Bien qu'elle soit un peu boulotte, on ne peut prétendre qu'elle soit grasse. Quoique heureusement il ait, lui, un pan de mur imposant, pour lui rendre des proportions plus modestes.

Car tout dans ses mains peut paraître petit. Sa carrure jette une ombre sur les plus costauds, sa musculature développée suscite envie et jalousie, ses manières de la caresser intriguent tout autant qu'elles fascinent.

Elle occupe ses petites mains en se caressant les seins, dont elle excite les mamelons rougis du bout de ses doigts. Autour de ses aréoles sombres s'étire un réseau de vergetures, plus pâles que sa peau hâlée, qui témoignent éloquemment de son statut de maman. Le couple a dû confier le soin de leur progéniture à une jeune gardienne, en prétextant se rendre au cinéma, préférant taire ce périple coquin pour ne pas être durement jugé par son entourage, même leurs plus proches amis.

Elle grimace en manipulant ses mamelons, qui doivent être délicieusement sensibles. Dans l'intensité de ses cris se mêlent ses larmes, sa joie, son plaisir d'être ainsi prise dans une position soumise et peu orthodoxe. Elle semble avoir oublié la présence des caméras, même si elles sont sans nul doute la raison principale de leur visite. On lui devine un très fort penchant exhibitionniste qui réclame l'attention, sinon la vénération.

Très concentré, il bécote le dessus de ses pieds, petite gâterie pour contrebalancer son intrusion dans le donjon de sa femme. Il maîtrise savamment ce mélange bien dosé de tendresse et de brutalité. De son pouce gluant de salive, il masse habilement son clitoris, que la caméra rend gros et rouge comme une cerise.

Son ventre rondelet est luisant de sueur, celui athlétique de son partenaire l'est tout autant. Il ne tarit pas d'efforts pour la sodomiser et ses cris aigus, aussi ponctuels que les martèlements d'un barreur, ne font qu'alimenter son ardeur.

On devine qu'il préfère l'enculer dans cette position plutôt que simplement par-derrière comme il la dégustait plus tôt, pour bien assister aux différentes expressions qui hantent successivement son visage innocent, ivre de plaisir, de douleur et de soumission.

Par intermittence, quand il doit constater qu'elle n'en peut plus, il se retire pour sucer longuement les rives irritées de son anus. Il le chérit de ses lèvres et de sa langue. Il la goûte comme une gourmandise sucrée, jusqu'à ce qu'il revienne occuper son rectum jusqu'à pleine capacité avec sa verge tout aussi athlétique que le reste de son physique musculeux.

On la voit alors crisper les pieds, sûrement au seuil de l'orgasme. Il ne se retirera pas cette fois. Elle étire ses orteils et tend son cou. Il serre plus fort ses chevilles. Il mordille aussi son petit orteil, autour duquel brille un anneau en argent. Il le grignote dans sa bouche, sans cesser d'aller et venir, jusqu'au moment où elle lâche un cri déchirant d'agonie, suivi aussitôt d'un râle dont l'extase est humainement impossible à feindre.

L'une des deux caméras aime son visage baigné de sueur, bouleversant, dont l'air angélique a été chassé par la perversité du plaisir brut. L'autre objectif prend en gros plan son anus dilaté, bien enserré autour du membre vaillant de son partenaire, qui entre et sort encore de sa grotte sombre.

Il y reste jusqu'à ce qu'elle se détende complètement, jusqu'à ce qu'un rire incontrôlable secoue ses seins copieux qui reposent mollement sur sa cage thoracique. Quand il évacue lentement sa sortie de secours, une sorte de soupir comblé s'échappe des lèvres de la sodomisée, aussitôt repris par les spectateurs dont l'attention ne s'est pas tarie.

Ces derniers mettent ensuite de longues minutes à reprendre leurs activités, tandis que les écrans présentent désormais les ébats plus bestiaux de deux hommes dans une autre chambre.

Plus tard, quand le couple quitte la chambre aux miroirs et passe timidement sous la douche commune, on feint de les ignorer, discrétion oblige. Car ici aussi, on tait l'évidence. Certains viennent pour regarder, d'autres pour être regardés. C'est comme ça, et tous le savent.

Une fois qu'elle s'est bien emmitouflée dans son anorak en duvet, la grosse main de son partenaire affectueusement posée au creux de ses reins, plusieurs en profitent pour l'observer à la dérobée. Dans ses vêtements, elle a l'air plus fragile, moins accessible, telle une mère de famille qui devait effectivement se rendre au cinéma.

On se souviendra d'elle, de sa passion secrète pour ce qu'elle doit estimer être un vice accablant. Mais un jour ou l'autre, même les plus grands secrets ont besoin d'être divulgués et elle a choisi cet endroit entre tous pour livrer le sien avec une grande éloquence. Sans craindre d'être jugée ou rejetée.

Et si jamais par une chance inouïe elle revenait un jour, qu'elle osait encore confier ses enfants à la gardienne sous un faux prétexte, peut-être osera-t-on cette fois lui adresser la parole et la remercier pour ces images inoubliables de son péché.

Palpitations

La hotte ronfle doucement, aspirant la fumée de la cigarette que fume convulsivement Jenna. Selon les règles de la maison, elle doit habituellement fumer dehors. Mais la nuit est si glaciale que Florence lui a permis cette fois de transgresser le règlement.

Maggie et moi sommes rassemblées avec la seule fumeuse du groupe, car Florence s'est évadée en nous promettant une surprise. Elle ne se contente pas d'organiser ce souper entre femmes, sans mari ni enfants. Elle doit encore nous réserver un cadeau sous le prétexte boiteux que nous ne sommes qu'à deux petites semaines de Noël.

C'est la première fois que je rencontre Maggie, que Florence a tenu à introduire dans notre cercle fermé. C'est une belle blonde de mon âge, c'est-à-dire trente-cinq ans, au sourire naturellement engageant. Ses yeux bleus, encadrés de lunettes, pétillent de vie. Elle est très mince, peut-être trop, au point de me rendre un peu envieuse, et elle s'habille visiblement pour accorder plus de volume à sa poitrine inexistante. Elle s'est fort bien intégrée à notre groupe et j'apprécie déjà son intelligence très affûtée.

Maggie est la seule de nous quatre à ne pas être mère. En fait, elle est célibataire, ce qui n'est pas sans me surprendre, considérant sa beauté et son intelligence.

«Vous pouvez venir, maintenant!» lance Florence depuis le salon situé un niveau plus bas.

Jenna écrase sa cigarette et nous lui emboîtons le pas. Florence, notre hôtesse, trépigne devant sa table à café, sur laquelle elle a déposé trois sacs-cadeaux. Après les protestations d'usage, nous ouvrons toutes trois le sac identifié à notre nom.

Je suis la première à éclater de rire en tirant du sac un string bleu électrique, orné de motifs de Noël. Celui de Maggie est rouge, la modèle de Jenna est vert, alors que Florence agite le jaune, qu'elle a gardé pour elle.

«Florence, tu es dingue!» m'exclamé-je en examinant la taille.

– Je les ai choisis selon vos mensurations, mes jolies. Il ne reste plus qu'à les essayer!»

J'enfile la légère culotte sur mes jeans, en pouffant de rire. La mienne est probablement la plus ample, me suis-je dit en observant mes compagnes imiter ma bouffonnerie.

Nous dansons ensuite ensemble en paradant dans nos nouveaux sous-vêtements. Il me vient l'idée de mimer un *strip-tease*, en insérant les pouces dans ma culotte et en me déhanchant de manière fort suggestive. Florence et Jenna rient aux larmes, tandis que Maggie surveille la scène d'un œil brillant.

Tard dans la nuit, Jenna et moi appelons un taxi qui nous ramènera à la maison. En me faisant la bise, Maggie s'attarde près de mon oreille. Elle dégage une telle chaleur que je ferme les yeux.

Puis, elle me prend par le bras et m'attire à l'écart de mes deux amies, qui récapitulent la soirée en riant. Jenna et moi avons déjà enfilé nos manteaux, le taxi attend devant la maison.

«Ta danse était très impressionnante, Suzie. Si jamais tu as le goût de recommencer, je suis partante pour une session privée. Juste toi et moi », me dit-elle en vrillant ses yeux dans les miens.

Je suis estomaquée, sans voix. Je soutiens son regard, j'ai l'impression de fondre sur place. Elle serre doucement mon bras.

« Penses-y, d'accord ? C'est tout ce que je te demande. »

En m'engouffrant dans le taxi, je me rends compte que j'y songe déjà. Mon cerveau tourne à cent à l'heure et mon cœur palpite à tout rompre.

« Suzie, on dirait que tu vas être malade, glousse Jenna en s'asseyant avec moi sur la banquette.

– Si seulement c'était ça », murmuré-je faiblement.

✧

Après quelques jours d'hésitation, surtout ponctués de réflexions sur mon orientation sexuelle, je passe un coup de fil à Florence pour obtenir le numéro personnel de Maggie. Je me suis torturé l'esprit, j'ai dû changer d'idée une bonne centaine de fois, avant de conclure que j'en avais vraiment envie.

« Vous avez vraiment connecté, toutes les deux ? déclare Florence après m'avoir donné le numéro.

– On peut dire ça », répondis-je évasivement.

Je m'enferme ensuite dans la salle de bain pour téléphoner tranquillement. Mon mari occupe les enfants avec un casse-tête dans le salon. Je compose d'un doigt tremblant.

« Suzie, je commençais à désespérer ! » s'exclame Maggie en entendant ma voix.

– Je me demandais si tu voulais souper avec moi, demain.

– C'est une super idée. »

Nous nous donnons rendez-vous dans un restaurant japonais du centre-ville.

« Maggie ? Ce n'est qu'un souper, insisté-je sans vraiment y croire moi-même.

– À demain », se borne à répondre Maggie, consciente elle aussi que je ne dupe personne.

✧

Le restaurant n'est pas très achalandé les soirs de semaine. Mon mari croit que je suis avec Florence et j'ai pris la précaution de l'aviser que je rentrerais tard. Toute la journée, je me suis sentie comme une adolescente à la veille de son premier rendez-vous.

Maintenant que je suis assise face à Maggie, très en beauté, un calme étonnant s'est emparé de moi. Comme si l'issue de ce souper était déjà scellée et que je n'avais qu'à me laisser guider aveuglément par mon instinct.

Maggie a coiffé ses longs cheveux blonds en deux nattes parfaitement pendues sur ses oreilles. Son chemisier sans boutons, au « V » très évasé sur le milieu de son sternum, me permet de constater qu'elle n'a pas mis de soutien-gorge. Elle ne saurait d'ailleurs que faire d'un accessoire aussi superflu !

Notre repas est terminé depuis un moment déjà. Nous n'avons discuté que de choses et d'autres, évitant soigneusement toute allusion au sexe, ce qui nous amène pourtant en ce lieu.

« Je ne peux pas passer toute la nuit avec toi, éclaté-je tout à coup. Mon mari soupçonnera quelque chose malgré tous les prétextes que je pourrais trouver. »

Et vlan pour la spontanéité ! J'ai plutôt l'impression de prendre rendez-vous avec mon coiffeur. Mais dès que je l'ai revue, que je l'ai aperçue avec ses nattes dorées, j'ai su que ma décision était la bonne.

Si Maggie est un peu surprise par cette très soudaine proposition, elle n'en laisse toutefois rien paraître.

« Que suggères-tu ? demande-t-elle en posant sa main sur la mienne.

– Allons à l'hôtel », proposé-je en me levant déjà.

Sans se lever, Maggie se renfrogne.

« Je ne veux pas que ce soit *cheap*. »

Je serre sa main.

« Fais-moi confiance. Je veux tout autant que toi que ce soit magique... C'est bien ta première fois ? » hasardé-je timidement.

Elle se contente de sourire en me suivant vers la sortie.

✧

Le Swann est un hôtel cinq étoiles en ville, haut de vingt étages. Il est fréquenté par les touristes fortunés et des gens d'affaires. C'est donc un paisible mardi soir.

La tension monte entre nous tandis que l'ascenseur grimpe au vingtième et dernier étage. Dès que nous franchissons le seuil de la porte, Maggie m'enlace par le cou pour m'embrasser.

« Attends ! J'ai besoin d'un peu plus de réchauffement. Je vais appeler en bas pour qu'on nous monte une bouteille de vin. »

Je désigne les deux peignoirs blancs impeccablement pliés sur le grand lit.

« Pendant ce temps, déshabille-toi et enfile un peignoir.

– Tu m'intrigues, dit-elle en me dévisageant.

– Enlève tout. Ta culotte et tes bas aussi. »

Bizarrement, je lui tourne le dos pendant qu'elle se dévêt. Je me réfugie dans la salle de bain pour enfiler l'autre peignoir. La lumière crue sur ma nudité ravive mes doutes quant à ce que Maggie peut voir en moi.

Non pas que je sois moche, mais reste que je n'ai plus vingt ans. Mes deux grossesses ont laissé des traces indélébiles, que mon mari qualifie gentiment de caractérielles. Mes fesses ont pris du coffre, mes seins ont entamé leur irréversible chute vers le bas et mes cuisses se sont alourdies proportionnellement.

J'accuse peut-être une dizaine de kilos superflus, alors que Maggie est mince comme une paille. Que peut-elle bien voir en moi ? Pourquoi veut-elle vivre sa première relation lesbienne avec une mère de famille imparfaite ?

« Tu es belle, Suzie. Je n'en espérais pas tant », déclare Maggie, qui se tient dans l'encadrement de la porte, les mains enfouies dans les poches de son peignoir.

J'enfile le mien, gênée d'être ainsi exposée, et je viens pour répliquer quand on cogne à la porte. Le vin est arrivé.

✧

Maggie transporte les coupes et moi, la bouteille que j'ai ouverte dans la chambre. Nous longeons le mur du couloir, pieds nus, nos pas restent silencieux sur la moquette.

Nous préférons l'escalier à l'ascenseur. Il nous mènera sur le toit, où la piscine est accessible toute l'année pour les clients. La nuit est étoilée, glaciale, avec ses quinze degrés au-dessous de zéro, et très noire.

Un projecteur illumine les eaux fumantes de la piscine. On jurerait un gigantesque bain de vapeur tellement la condensation est épaisse. Tout autour du trottoir de béton, des bancs de neige ajoutent à la scène une note surréaliste. Quelques gratte-ciel nous surplombent comme des vigiles tranquilles.

Nous marchons sur un tapis de neige fraîche, tombée dans l'après-midi. Nous lançons rapidement nos peignoirs sur une chaise et nous sautons à l'eau. Je me sens délinquante, et c'est si exquis !

L'eau est presque brûlante, incroyablement cajoleuse sur notre peau glacée. Maggie nous verse du vin et nous trinquons à notre aventure. Mes lèvres touchent celles de Maggie ; sous l'eau, mes seins volumineux assaillent les siens symboliques.

Même adolescente, je prenais un bon C, et avec le temps, le D est devenu de rigueur. J'aimerais juste mes aréoles plus petites, moins fulgurantes, car j'estime qu'elles retiennent beaucoup trop l'attention.

Pour notre escapade sur le toit, Maggie a retiré ses lunettes, conservé ses nattes et essuyé son rouge à lèvres. Nous nous embrassons en éloignant nos coupes de nos corps accouplés.

« Wow ! s'exclame Maggie en reprenant son souffle.

– Tu peux le dire ! »

Nous buvons en silence, nos jambes enlacées, nos mamelons fusionnés communiquant la fougue de notre désir. J'ai des papillons dans l'estomac et chaque contact avec sa peau me procure de petits chocs au bout des doigts.

Après une dernière gorgée de vin, nous nageons en duo, enlacées, en caressant langoureusement l'autre. Les mains de Maggie s'attardent beaucoup sur mes seins, dont elle semble particulièrement entichée. Elle agace mes mamelons, elle essaie de prendre leur lourde rondeur dans ses petites mains, mais sans vraiment y parvenir.

Maggie se rabat ensuite sur ma vulve, qu'elle recueille dans le creux de sa main, qu'elle caresse comme on flatte le cou de son animal favori. Je serre les cuisses sur ses doigts, fort, avant de les relâcher à regret.

Elle mordille mon cou, de la clavicule à l'oreille, en pointant aussi sa langue mutine. Elle est de nouveau lovée contre moi, elle ondule son bassin contre le mien.

« Tu es magnifique, Suzie. On retourne à la chambre, j'ai juste envie de te faire l'amour », susurre-t-elle à mon oreille.

Je frémis. Je suis son sillage dans la piscine et j'admire ses fesses impeccables quand elle sort devant moi. Elle se drape du peignoir froid et elle tient le mien pour que j'introduise mes bras dans les manches.

Nous courons jusqu'à l'escalier, en croisant un couple d'âge mûr qui vient aussi profiter de la piscine. Nul besoin de spécifier qu'ils portent leur maillot !

✧

Nous sommes essoufflées par notre course. Nous n'avons même pas pris la peine de nouer la ceinture de nos peignoirs. Maggie fond sur moi dès que nous revenons à la chambre.

Nous chutons sur le lit, elle au-dessus de moi, et elle contemple longuement mes seins qu'elle tient rassemblés de force entre ses mains. Maggie roule ensuite sa langue sur la grande circonférence de mes aréoles où perlent encore quelques gouttes solitaires de la piscine, s'approchant peu à peu de mes mamelons. Son souffle chaud sur mes pointes me fait trembler d'impatience. La tendresse de ses caresses m'étourdit.

Maggie suce enfin mes pointes, en les gardant prisonnières de sa bouche, en les tétant tantôt délicatement, tantôt plus sauvagement. Ses manœuvres buccales produisent quelques sons évocateurs. Elle se régale de mon aréole distendue, généreuse à souhait. Je sens mon désir ruisseler entre mes jambes. Maggie doit aussi le sentir car elle plonge sur mon ventre, puis sur mon sexe, gorgé de désir.

Je braque mon bassin quand elle me lèche une première fois. Ses manœuvres sont sensuelles, elle prend une pause entre chaque léchée pour me dévisager, un sourire gourmand sur ses lèvres luisantes de mon plaisir.

Nous faisons l'amour lentement, sans empressement, avec des gestes langoureux. Nous nous caressons du bout des doigts, en explorant du toucher les différentes parties de nos corps.

Maggie humecte son index et le faufile entre mes lèvres. Elle me pénètre tout doucement, sans arrêter de lécher les environs sensibles de mon sexe. Je cabre les reins, elle active ses caresses. Je me sens partir, défaillir et je jouis avec une intensité nouvelle, avec une ferveur différente, avec un abandon total.

Maggie rit, la joue posée sur ma cuisse, son souffle comme un petit ventilateur sur ma vulve comblée. Je viens la rejoindre au bout du lit, j'accueille dans ma bouche cette langue douée, que j'amalgame avec la mienne.

Elle se languit de moi, et c'est un extraordinaire compliment. Je descends chérir ses seins miniatures, en les couvant comme des prématurés. Ses pointes sont étonnamment disproportionnées par rapport au volume de sa poitrine, des dards aussi longs que gros, qui me font songer à des dés à coudre.

Ses aisselles goûtent la transpiration, mais je ne les lèche pas moins à grands coups de langue. Maggie se tord de plaisir. Elle mord violemment ses lèvres, subjuguée par ces caresses inattendues.

Ma main glisse sur son sexe naturellement huilé, blond et mignon. J'aime juste y enfouir mon nez, pour bien m'imprégner de son odeur, qui me fait tourner la tête. J'aime frotter mes joues sur ses poils, sur ses cuisses, me barbouiller le visage de son jus plus qu'abondant.

Je déguste bientôt sa vulve à pleine bouche. C'est une saveur plus relevée, un mystère plus grand qu'un pénis en érection. Un défi colossal. Je la lèche sur toute sa longueur, mes caresses deviennent plus frénétiques à mesure que les réactions de Maggie s'intensifient. Je suis enivrée de l'entendre chanter mes louanges tandis que je frictionne son clitoris érigé.

Ses jambes tremblent de façon incontrôlable quand elle jouit. Elle arque les pieds, tend ses muscles, serre la mâchoire. Elle retient son cri, mais pas ses larmes, qui roulent en grosses gouttes sur ses joues pâles.

Maggie se détend ensuite, la tête renversée au bout du lit, les bras étirés, ses seins réduits à deux mamelons rouge sang. Une ligne ténue de très fins poils blonds relie son nombril à sa vulve, et je suis ce chemin joliment balisé pour remonter vers son ventre plat, ses seins semblables, guère plus que des monticules, puis sur sa bouche.

Elle ronronne comme une chatte satisfaite et je lèche ses dents très blanches quand elle rit. Je me reconnais dans son haleine et par son soupir exalté, je comprends qu'elle vit la même expérience.

« Seigneur ! gémit Maggie en s'étirant sur le lit.

– Appelle-moi Suzie », blagué-je en mordillant son menton.

Je combats mon envie de redescendre la lécher. Maggie ne peut en faire autant et retourne donc jalonner ma vulve de baisers embrasés. Je roule sur le ventre et elle me mange par-derrière, en enfouissant son nez tout mignon dans la raie de mes fesses. Les mots qu'elle prononce sont autant de caresses sur mon sexe insatiable.

« Je pourrais m'habituer à tout cela », murmure-t-elle à ma vulve, sur le ton de la confession.

Maggie lèche mes fesses, elle les mordille juste à l'orée de mon anus. Sa bouche est humide, ses dents taquines.

« On pourrait en faire une tradition annuelle… Quatre jours après notre souper de filles, on se retrouve toutes les deux ici pour quelques heures », suggère-t-elle en léchant ma colonne vertébrale.

Maggie s'étend sur moi, les poils de son sexe blond chatouillent mes fesses douillettes.

« Alors, coquine, qu'en dis-tu ? »

Je l'amène avec moi sous les draps, dans quelques secondes je plongerai dessous pour renouer avec sa féminité.

« Après chaque souper… ? Je suis pour, à condition qu'on en augmente la fréquence ! »

Le bourreau de travail

J'essuie mes paumes moites sur mon pantalon. C'est ma première entrevue de ces six derniers mois, depuis que j'ai reçu mon diplôme en sciences politiques.

Ce n'est que tout récemment que j'ai élargi mon champ de prospection, en posant ma candidature pour des postes pour lesquels je ne détiens aucune compétence évidente. C'est d'ailleurs ce qui explique aujourd'hui ma grande nervosité : si je n'ai aucune idée pourquoi j'ai postulé un poste de secrétaire, je sais encore moins pourquoi on m'a convoqué à une entrevue !

Avec cinq minutes de retard, durant lesquelles je me suis rongé les sangs, une femme qui doit bientôt aspirer à la cinquantaine vient me serrer la main. Elle est très élégante dans son tailleur strict. Je la situerais certainement plus jeune si ce n'était les pattes-d'oie autour de ses yeux gris.

Relativement mince, quoique un peu forte des hanches, elle arbore un teint pâle qui contraste avec ses cheveux noirs, qui bouclent capricieusement sur ses épaules. Sa bouche pleine et sensuelle est soulignée d'un rouge à lèvres conservateur.

J'ai moi-même vingt-trois ans, je suis sans le sou. J'ai une bouille sympathique qui séduit les filles. Plusieurs d'entre elles me répètent que mes cheveux blonds et bouclés, jumelés à mes yeux très bleus, me prêtent des airs d'ange descendu du ciel.

«Jeanne Gauthier», se présente la femme en m'invitant à m'asseoir dans une salle d'entrevue.

Elle prend place face à moi. Sa jupe remonte sur sa cuisse, ce que je m'efforce d'ignorer.

«Je vais être honnête avec vous, lui dis-je après qu'elle eut demandé quelles étaient mes motivations pour ce poste. Je suis fauché, bourré de dettes. Mon frigo ne contient qu'un peu de pain, un carton de lait et du fromage. Je cherche désespérément un emploi pour lequel je vais me donner à cent pour cent. Je suis loyal et fidèle, honnête et franc. Pour tout vous dire, j'ai besoin de manger.»

Jeanne Gauthier me regarde dans les yeux. Bien malin celui qui pourrait déchiffrer le message contenu dans ces yeux magnifiques.

«Eh bien, il faut vous donner à manger, alors!»

✧

Je débute le lendemain, non sans une certaine appréhension. Car si je suis reconnaissant à Jeanne Gauthier de m'accorder cette chance inespérée, je me demande bien comment je pourrai m'acquitter de tâches dont je ne connais absolument rien. La matinée se passe bien, je réponds aux nombreux appels téléphoniques tandis que ma patronne s'enferme dans son bureau.

Sur le coup de midi, elle me demande d'envoyer les appels dans la boîte vocale et de la rejoindre dans son bureau. Elle dit avoir une lettre à dicter. Inutile de dire que je n'ai jamais fait cela auparavant!

J'entre dans la pièce lambrissée de bois. Un minibar jouxte de moelleux fauteuils de cuir. Le bureau de ma patronne, une simple vitre déposée sur des pattes de bronze, est libre de papiers. Une grande fenêtre s'ouvre derrière elle et offre un panorama magnifique sur les gratte-ciel du centre-ville.

« Assieds-toi. Je vais tâcher de ne pas aller trop vite. Il fait chaud, tu ne trouves pas ? Je crois que je vais retirer mes collants. Est-ce que ça te gêne ? »

Je secoue la tête tandis qu'elle se lève et roule ses collants sur ses jambes. Je peine à me concentrer sur ce qu'elle me dicte.

Elle a de belles jambes, ce que je considère comme un élément primordial chez une femme. Car on peut prêter bien des apparences trompeuses aux seins par la magie d'un soutien-gorge pigeonnant ou rembourré, mais une fois dénudés, l'homme peut faire face à bien des surprises.

Or, il n'existe aucune cachette de ce genre pour les jambes. On ne peut se tromper sur leur apparence réelle. Une femme qui est affublée de jambes désagréables ne dispose d'aucun artifice pour les modifier.

Les siennes sont certes pâles, mais elles ont aussi le mérite d'être musclées. Je crois même me rappeler qu'elle m'a dit qu'elle courait tous les matins pour garder la forme. Ceci expliquerait donc cela.

« … sur le budget de l'an dernier. Les prévisions s'avéreraient donc conservatrices. Et si mon nouveau secrétaire peut enfin se décider, peut-être verra-t-il l'occasion en or qui lui est offerte… »

Je lève les yeux. Ma patronne est juchée sur le coin de son bureau, les jambes sagement croisées. Elle n'a pas remis ses chaussures et ses doigts de pied sont décorés d'un vernis marron.

Jeanne Gauthier ouvre tranquillement les jambes et je vois entre ses cuisses la tache sombre de son sanctuaire. Je suis pétrifié, jamais je ne me serais attendu à cela. La bosse dans mon pantalon doit être aussi évidente que le nez au milieu de mon visage.

« J'ai dit que je te donnerais à manger… Qu'est-ce que tu attends ? »

Je bondis sur mes pieds, abasourdi. Puis, je m'agenouille devant elle, en affichant le respect de l'employé pour son patron. Ses poils sont très ras, en forme de fer à cheval autour de sa vulve, avec l'ouverture vers le bas.

De loin, on pourrait penser à un tatouage mais de près, je distingue les poils très fins et clairsemés, châtain clair, dont la précision nette du dessin ne peut être due qu'au laser.

« Tu aimes ? Quand un homme le voit pour la première fois, je lui dis à la blague que c'est son jour de chance ! »

Sans répondre, je lèche ses lèvres et ma langue humecte son fer à cheval, à peine quelques poils très ras et joliment rassemblés. Contrairement à d'autres femmes qui perdent la boule à se faire lécher le clitoris, Jeanne raffole qu'on lape d'abord ses grosses lèvres, puis ses petites.

Je mesure sa sensibilité par l'intensité de ses réactions ; elle crie ou elle serre simplement les cuisses sur mes oreilles. Je continue justement à lécher jusque sur ses cuisses, avant de revenir m'attaquer à sa vulve dodue.

Elle mouille abondamment sur le buvard, où s'agrandit un cerne sombre. Elle pose ses pieds nus sur la chaise où j'étais assis, la tête renversée en arrière, la respiration saccadée.

Je butine encore un peu sa chatte, avant de descendre sur ses belles jambes. Je lèche ses orteils, qu'elle fait gigoter sur mes dents quand je la chatouille. Jeanne produit des sons entre le rire et les pleurs. Je souhaite juste que les murs soient aussi bien insonorisés qu'on le dit sur l'étage ! Jeanne est effectivement réputée pour ses colères noires.

Pour l'instant, elle me badigeonne le visage de son excitation. Elle a un goût prononcé, je n'aurais pu lui imaginer une saveur douce, car sa personnalité forte annonçait d'emblée un parfum corsé. C'est sans aucun doute la femme la plus succulente que j'ai mangée à ce jour. Un plat exotique mémorable.

Je masse ses lèvres entre mon index et mon majeur. Je les coince ensemble pour les sucer dans ma bouche, qu'elles habitent comme des habituées. Jeanne peine à rester sur le bureau tellement elle gigote énergiquement. Je lui barbouille les cuisses de ses propres effluves, j'en ai moi-même jusque sur les oreilles ! Elle mouille comme un déluge printanier.

Ma patronne jouit comme ça une première fois en s'agrippant à sa table de verre. Elle ouvre les vannes de son plaisir. Elle éjacule et je ne fournis pas, ma bouche déborde de ses réactions puissantes, comme une barrage qu'on aurait éventré et dont la force trop longtemps contenue cascade en liberté.

Malgré ma surprise, je m'efforce de tout boire ce qu'elle m'offre. Ses cris résonnent dans la pièce, qui a dû être témoin auparavant des autres excès de ma patronne. La puissance de ses cris est en soi une reconnaissance complète de mes talents.

« Déshabille-toi », me commande-t-elle entre deux soupirs.

Sans plus attendre, Jeanne tire si fort sur ma chemise que les boutons cèdent sous la pression. Elle laboure ensuite mes pectoraux avec ses ongles parfaitement manucurés. Je prends ses poignets, je l'immobilise contre le mur et je mange ses seins par-dessus sa blouse, en me servant de mes dents pour localiser ses mamelons saillants.

Je tire et elle gémit en réaction. Ma salive mouille sa blouse. Elle se met à râler de plaisir. Avec des gestes d'impatience, elle retire aussi ses vêtements, un peu comme si elle était en colère.

Quand Jeanne enlève son soutien-gorge, ses seins gigotent comme de la gélatine. Aux limites circulaires de ses aréoles, de petites boules de chair rose forment un chapelet obscène.

Ils ont l'air si appétissants que je les suce tout de suite. Je sens les reliefs inhabituels de ses aréoles sous ma langue, leur contact caoutchouteux et leur masse spectaculaire dans ma bouche.

Ma patronne me repousse légèrement et s'accroupit devant moi. Tout au long de sa descente, elle me mordille partout, en insistant sur mon ventre. Sa bouche se referme enfin sur mon gland. Je savoure son habitat chaud et humide.

Jeanne me pompe furieusement ; à ce rythme, j'aurai peine à soutenir plus de cinq minutes. Ses gros seins, qui ont quelque chose de caricatural, sont écrasés sur mes jambes, qu'elle tient aussi avec ses mains impeccables pour maintenir son équilibre.

Sur le gratte-ciel d'en face, une nacelle supportant des laveurs de vitres descend lentement le long de la structure. Si ces hommes se donnaient seulement la peine de tourner la tête, ils assisteraient à une scène qu'ils ne seraient pas près d'oublier !

En positionnant sa tête d'une certaine façon, Jeanne parvient à m'avaler tout entier. Son nez touche mon pubis et je sens mon gland buter contre le fond de sa gorge. Je me dis qu'elle a manqué sa carrière d'avaleuse de sabres !

Elle s'amuse ainsi à m'engloutir ; je discerne bien le volume de mon pénis dans sa gorge, qui se gonfle comme un ballon. Elle me laisse finalement glisser hors de sa bouche pour reprendre bruyamment son souffle. Jeanne me prend la main en s'éloignant et m'attire vers le bureau, où elle s'appuie sur ses mains en brandissant ses fesses.

Je reconnais une invitation quand j'en vois une. Je m'installe derrière elle en constatant qu'elle a la taille idéale. Je prends ses hanches généreuses pour l'enfiler. Je me presse contre elle. J'adopte un tempo lent, calculé. J'enfouis mon visage dans ses cheveux abondants, dont la racine est moite de transpiration.

Elle sent bon. Un parfum attirant, enveloppant. Je mordille sa nuque chaude, aussi légèrement mouillée de sueur, ombragée par sa chevelure.

Jeanne brasse son derrière en grognant de plaisir, jusqu'à l'explosion finale qui survient au bout de quelques minutes seulement. Ma patronne éjacule sur le bureau en poussant un cri déchirant. Je plante mes dents dans son cou. Je suce son lobe d'oreille et elle resserre ses muscles vaginaux sur ma verge.

Je pose ma main sur ses reins. La sueur luit sur son dos cabré. Je viens aussi, à grands coups sur ses fesses, en broyant ses hanches dans mes mains. Je me retire et elle se vide sur son bureau. Elle reste couchée à plat ventre en travers du bureau, la joue appuyée sur le buvard, ses seins écrasés contre la vitre.

« Seigneur ! Tu vas me crever ! » s'exclame-t-elle entre deux respirations.

Je trempe mes doigts dans son nid et je les ressors pour les lui introduire dans la bouche. Jeanne nous goûte en gémissant. Ses dents raclent mes doigts pour bien les nettoyer.

Quand elle redescend sur terre, elle rit sans arrêt. Elle se redresse et marche pieds nus sur la moquette, vers la douche qu'elle a fait installer dans son bureau.

« J'ai besoin d'un verre, dit-elle en s'arrêtant au minibar pour se servir un scotch. Et toi ?

– J'ai bien assez bu comme ça », dis-je en m'allongeant dans un fauteuil.

Elle me toise avec un œil moqueur.

« J'aurais dû t'avertir. Quand je suis très excitée, je coule comme une rivière en crue. As-tu déjà entendu parler des femmes fontaines ? J'en suis une.

– La race masculine ne sait pas ce qu'elle manque », dis-je en songeant au jet reçu dans ma bouche.

Jeanne sourit encore, flattée du compliment. Il y a sûrement des hommes qu'une telle inondation rebute. Je peux comprendre, même si ce sont probablement les mêmes qui exigent de leurs partenaires qu'elles avalent religieusement leur sperme.

Quant à moi, je raffole de cette douche particulière. Surtout quand elle goûte aussi fort que Jeanne. Et puis, l'éjaculation féminine n'est-elle pas la preuve indéniable de l'orgasme ? C'est plutôt flatteur.

«J'avais bien pensé en t'embauchant», me confie ma patronne en rinçant sa bouche de scotch.

Jeanne vide son verre, puis passe sous la douche. Quand elle revient en se séchant, je contemple son corps nu, dont les jambes solides sont façonnées par son jogging quotidien. Ses seins aux aréoles uniques et spectaculaires frémissent sous mes yeux. De toutes les femmes que j'ai connues, Jeanne est celle qui affiche la plus grande maturité physique.

Car malgré ses entraînements quotidiens, l'âge affecte les parties stratégiques de sa nudité. Et je dois avouer que j'aime bien cette différence entre Jeanne et les femmes de mon âge.

À l'instar de ma patronne, je me rhabille, en songeant aux implications de ce qui vient de survenir. Aura-t-elle honte de ses gestes et se débarrassera-t-elle de moi? J'ai tellement besoin de cet emploi!

«On dictera de deux à trois fois par semaine, si ça te convient. Pas juste des dictées orales, mais aussi des plus complexes, dit-elle en ajustant son soutien-gorge. Ça te va?»

Son sourire en coin est presque vicieux. Je détaille sans mal à travers la dentelle de son soutien-gorge le cerne foncé et bosselé de son aréole. Qu'entend-elle par une dictée plus complexe? Je frissonne juste à y penser.

«Absolument, répondis-je en sentant revenir mon érection.

– Merci.»

Je quitte son bureau, la tête dans les nuages, ne pouvant croire à cette chance inouïe qui se présente à moi. Je ne suis de retour à mon poste que depuis dix minutes à peine lorsque l'interphone rugit. J'ai encore dans la bouche la saveur insistante de ma patronne.

«J'ai une autre dictée. Oh! Envoie les appels dans la boîte vocale, car elle risque d'être très longue et compliquée...», lance Jeanne d'une voix vibrante.

J'adore le surmenage. Je suis un bourreau de travail...

L'appel

C'est sans conteste la plus belle journée de l'été. La plus chaude aussi. Dans le ciel d'un bleu immaculé, quelques nuages cotonneux sont poussés par un vent du sud.

J'ai profité de ma journée de congé pour flâner sur les trottoirs de la ville, à écumer les terrasses et à faire du lèche-vitrine. Pour le moment, je repose mes pieds meurtris dans l'eau froide de la fontaine municipale.

Plusieurs enfants s'y arrosent en criant, sous l'œil amusé de leur mère. Je reçois parfois quelques gouttes rafraîchissantes en cette journée torride et humide.

J'ai posé mes mules sur le muret de béton où je suis assise, et j'ai retroussé sur mes cuisses ma robe d'été pour ne pas la mouiller dans la fontaine. J'affronte le soleil avec mes verres fumés, tout en savourant un cornet de yogourt glacé à la pistache.

J'ai attaché mes longs cheveux bruns sur le dessus de ma tête pour dégager ma nuque. J'agite les pieds dans l'eau, en appréciant le courant d'air frais qui passe entre mes orteils. J'utilise ces derniers pour toucher les pièces de monnaie qui jonchent par centaines le fond du bassin.

Il est midi et le soleil atteint son zénith. Il plombe sans merci sur les citadins qui recherchent une zone d'ombre ou encore qui s'agglutinent comme moi autour de la fontaine.

J'ai détaché les premiers boutons de mon corsage et descendu les bretelles de mon soutien-gorge sur mes bras. Je m'asperge aussi d'un peu d'eau sur les clavicules et juste audessus de mes seins pour apaiser un tant soit peu ma peau chauffée par le soleil.

Bien que je sois brunette, ma peau a la pigmentation des blondes pures. Je rougis comme un rien, le soleil ayant tendance à faire ressortir les particularités de ma peau rousselée.

Au début, j'associe la sonnerie électronique au téléphone cellulaire d'un autre. Mais lorsque tous les regards de mes voisins convergent vers moi, je sors de ma torpeur pour fouiller dans mon sac à main.

« Allô ? fais-je en manipulant le téléphone à rabat d'une main et mon cornet de l'autre.

– Bonjour, m'accueille une voix masculine fort sensuelle.

– Bonjour à toi, dis-je à mon amoureux. Comment vastu ?

– Ça va très bien. Que fais-tu ? »

En fait, si je ne m'étais pas imposé cette journée de congé, je serais probablement en salle d'opération, à sauver la vie d'un accidenté de la route. Mais comme j'ai choisi de prendre du temps pour moi, ma réponse est tout autre.

« Je sue à grosses gouttes en dégustant un savoureux yogourt glacé. Je fais aussi profiter mes pauvres petits pieds surmenés de la fontaine du parc municipal et je me fais éclabousser d'une eau merveilleusement fraîche par des gamins survoltés. C'est le bonheur total, quoi. »

J'imagine mon amoureux confiné dans son bureau et je me félicite encore d'avoir pris congé.

« Il y a beaucoup de monde ?

– Tout plein. Ça grouille de vie. Et il y a un type pas mal du tout qui vend des friandises glacées. Tu crois que si je lui offre d'acheter toute sa marchandise, il accepterait d'enlever sa chemise ? »

Il rit.

« Tu peux toujours essayer. À moins que tu ne préfères jouer à un petit jeu ? »

Je lève un sourcil. Mon amoureux n'a pas l'habitude de faire autant de mystères.

« Quelle sorte de jeu ?

– Tu dois jouer pour apprendre, ma chère. »

Je suis franchement intriguée. Sa voix a quelque chose de bizarre qui pique ma curiosité.

« D'accord, je joue.

– Super ! Reste exactement où tu es. Tu crois que tu pourrais passer une main sous ta jupe ?

– Je porte une robe, aujourd'hui. Tu n'as pas remarqué, ce matin ?

– Euh... bon, une robe, une jupe, ça n'a pas d'importance. Alors, tu pourrais le faire ? »

Je souris en regardant autour de moi. Il y a des dizaines de gens.

« C'est faisable. Si je m'assois en indien.

– Alors, fais-le tout de suite. »

Je suis agréablement surprise par sa demande. Où diable a-t-il pris cette idée ?

« Allez, fais-le », insiste-t-il d'un ton empreint d'urgence.

Je coince le téléphone entre mon épaule et mon oreille. Je m'installe ensuite de telle sorte que je puisse cacher ma main gauche sous ma robe. On pourrait aisément penser que je suis assise sur ma main, sans rien soupçonner.

« Ça y est, dis-je une fois complètement installée.

– Très bien. Maintenant, tu dois te représenter ton cornet comme une queue. Fais comme si c'était la mienne. La boule représente mon gland et le cornet, mon manche... »

Je pouffe de rire.

« Tu es dingue ! Je ne peux pas faire ça ici, devant tous ces gens.

– Il n'y a que toi qui sais. Allez, tu joues ou je raccroche.

– D'accord, ne monte pas sur tes grands chevaux ! »

Je traite la boule de yogourt glacé comme si je minaudais son gland, en jouant de la langue et des dents. Je lèche aussi la texture rugueuse du cornet, dont les motifs tiennent lieu de veines. Je me demande ce à quoi songent les hommes qui m'observent. Probablement pas au Saint-Esprit !

« C'est ça, c'est si bon, m'encourage mon amoureux. Tu suces tellement bien. Parfois, j'ai l'impression que tu aimes autant sucer que moi j'aime subir la fellation. Tu peux goûter mon sperme, juste quelques gouttes en prémices du déluge qui va inonder ta bouche. »

Je n'ai jamais bu la moindre goutte de sperme, j'en suis tout à fait incapable. Mais pour les besoins de notre petit jeu, je ne vois pas d'inconvénient à ce qu'il me figure plus osée que je ne le suis vraiment.

En fait, ça me plaît beaucoup. J'ai l'impression d'endosser une autre identité, de jouer un rôle de composition devant un public attentif.

« Ta main, qu'est-ce qu'elle fait ? me demande-t-il d'une voix de plus en plus excitée.

– Je me touche », dis-je alors que mes doigts trouvent les replis mouillés de ma vulve.

J'écarte mes lèvres, en tirant un peu sur mes poils, tout en surveillant les gens autour de moi. Le yogourt commence à couler sur mes doigts, comme si ma main tenait effectivement un pénis dont le sperme déborderait sur mon poignet.

« À travers ta culotte ? »

Je secoue la tête.

« Non. J'ai mis ma main dedans. »

Je bouge d'ailleurs mes jambes pour me permettre un meilleur accès.

« Tu es mouillée ?

– Oui. Beaucoup. Jusqu'aux coudes. Je suis très, très excitée.

– Serre tes cuisses ensemble. Comment réagit ton clitoris ?

– Il adore ça. »

Il rit encore. Il sait qu'il me tient. Il pourrait me demander de danser nue dans la fontaine que je m'exécuterais.

« Suce ton doigt. Celui avec lequel tu te caresses. C'est l'index ?

– Oui, répondis-je. Attends, il faut que je sorte discrètement ma main. »

Personne ne semble remarquer la manœuvre. J'ai l'impression que mes voisins peuvent humer mon parfum intime. En tout cas, moi ça m'enveloppe littéralement.

« Ça y est, dis-je en insérant mon doigt dans ma bouche.

– Alors… ça goûte ?

– Oui.

– C'est bon ? Dis-moi ce que tu goûtes.

– Oui. C'est bon. J'adore me goûter. »

Je ferme les yeux en suçant mon doigt. Dans la fontaine, une fillette me regarde en se demandant sûrement pourquoi un adulte suce son doigt en public.

« Je sais. Remets ton doigt dans ton vagin. Mets-en deux. Aimerais-tu que ce soit une queue ?

– Oh oui ! m'exclamé-je en contenant à peine ma voix.

– Tu voudrais que ce soit la mienne ? Ou peut-être celle du vendeur de glaces ?

– Pourquoi pas les deux ? » osé-je en haletant.

Discrètement, j'ai remis ma main sous ma robe. Mes doigts retrouvent avec bonheur la moiteur de mon sexe.

« Madame est gourmande ! Qu'est-ce que tu ferais à sa queue ? »

Je regarde le vendeur de glaces, sa peau hâlée sous le soleil.

« Je le sucerais à lui faire perdre la tête, jusqu'à ce qu'il explose dans ma bouche. Je prendrais absolument tout, sans rien laisser », dis-je à voix basse.

Je veux le provoquer en alléguant une fellation totale et je suis si excitée que je le ferais peut-être.

– Vilaine gourmande… allez, masturbe-toi. Je veux t'entendre jouir, tu m'entends ? Fais ça pour moi. Donne-toi en spectacle, offre à tous ton orgasme. »

Tout en fourrant deux doigts envahissants dans mon vagin, ma paume frictionne mon clitoris. Le yogourt coule maintenant sur mon avant-bras, quelques gouttes salissent même ma robe.

Ce plaisir interdit est divin. Je me retiens de frémir. Heureusement, mes lunettes de soleil m'empêchent d'affronter le regard des autres. Je dois avoir l'air d'une droguée. Hagarde, les yeux brumeux, réduits à l'expression primaire du plaisir.

« Parle-moi en même temps. Dis-moi ce que tu fais… » exige-t-il de sa voix troublée par mon plaisir apparent.

Il doit effectivement entendre ma respiration saccadée juste dans son oreille.

« Je remue deux doigts dans mon vagin… c'est tellement bon… mmm… j'aurais besoin de ta queue… tu pourrais me baiser ici dans le bassin…

– Imagine que je lèche ta chatte. Là où tes doigts s'enfoncent dans ton merveilleux vagin, là où j'aime me perdre et me répandre…

– Oui…

– Imagine que je fourre mon index dans ton cul serré, comme si je manipulais une marionnette…

– … tu sais que j'adore cela, tu le sais si bien…

– Tu continues à te masturber tandis que je t'encule jusqu'au fond…

– Mmm… ça y est, je viens… oh mon Dieu ! »

Je serre les lèvres, en proie à un orgasme tonitruant. Je retire ma main et je ne fais que frotter mes cuisses ensemble, pour alimenter les frissons incontrôlables qui sillonnent mon corps.

« Viens me rejoindre, Nathalie… »

C'est comme une douche d'eau glacée qui me refroidit à la seconde.

« Nathalie ? Je ne suis pas Nathalie ! » fais-je brusquement, ce qui attire l'attention de mes voisins.

Je l'entends jurer à l'autre bout.

« Je suis désolé, je me suis trompé de numéro ! »

Avant qu'il coupe la communication, je parviens à le retenir.

« Tu peux rappeler quand tu veux… »

L'artiste

Je serre convulsivement les pans de mon manteau long dans mes poings fermés. D'un pas hâtif, je gagne mon bureau, situé dans une tour de verre du centre-ville, elle-même environnée de vieux édifices commerciaux recyclés en lofts luxueux.

Les rues sont encore tranquilles à six heures du matin et je marche donc seule, d'un bon pas, malgré l'inconfort de mes souliers à talons. Je me suis réveillée avec un air renfrogné ce matin. Peut-être est-ce dû au temps maussade, ou plus vraisemblablement à mon mariage qui bat de l'aile depuis un an et auquel je répugne à mettre un terme pour le bien-être de mes enfants. Et puis, l'air froid qui cingle mon visage n'améliore en rien mon humeur massacrante.

Dès que j'entre dans mon bureau, je monte le chauffage dans l'espoir de dégeler mes veines glacées. J'accroche mon manteau derrière la porte, où la glace me renvoie l'image de la femme de trente-six ans que je suis.

On me dit très jolie avec mes grands yeux bruns empreints de naïveté, mes cheveux de la même teinte, naturellement bouclés, que je noue habituellement en catogan, et mes dents éclatantes. En revanche, mon nez braqué m'a toujours un peu complexée par rapport à mes traits aristocratiques.

La jupe de mon tailleur met en évidence mes jambes fuselées, ainsi que ma taille fine dont je suis tout particulièrement fière. Ma blouse cache-cœur, dont le blanc accentue le hâle de ma peau, rehausse le port altier de mes seins nobles. Je m'entraîne intensivement pour conserver ma silhouette. Malheureusement, personne d'autre n'en profite !

Je m'assois à mon poste de travail, devant les grandes fenêtres panoramiques de mon bureau. La vue sur le fleuve dont j'aurais pu profiter est gâchée par l'édifice à lofts de l'autre côté de la rue. En contrepartie, ses fenêtres multiples m'offrent quotidiennement une tranche de vie sur ses dizaines d'occupants. Comme ce matin, puisque le temps sombre contraint les résidants à éclairer leur logement.

Je concentre mon attention sur le loft en coin du quatrième étage, soit deux niveaux sous celui que j'occupe, et où l'artiste peintre réside. C'est un homme qui peint essentiellement des nus, toutes des femmes avec qui il a l'habitude de coucher par la suite. C'est qu'il n'a jamais installé de rideaux à ses fenêtres, et grâce à la vue en plongée dont je bénéficie, je ne rate rien de ses activités professionnelles et, surtout, personnelles.

Je n'ai pas besoin d'entendre ses partenaires crier pour savoir qu'il sait s'y prendre. Juste à les voir se tortiller de plaisir sous ses caresses suaves me suffit à comprendre qu'il est un amant incomparable. Il fait d'ailleurs l'objet d'une grande convoitise chez mes collègues célibataires qui espèrent toutes un jour se retrouver face à lui dans la rue pour devenir les prochaines à visiter son lit. Ce n'est pas mon cas, bien sûr…

Pour l'instant, je découvre le bellâtre qui bavarde au lit avec sa muse du jour. La lampe de chevet éclaire leurs silhouettes, à demi recouvertes d'un drap blanc. Ils sont blottis l'un contre l'autre. Je remarque non sans envie que les seins plantureux de la blonde restent fermement tendus vers le plafond malgré sa position allongée.

Appelé lui aussi par la grandiloquence de sa poitrine, l'artiste roule sur sa partenaire. Quand il l'embrasse, ses cheveux aussi épais que sombres coulent sur le visage angélique de sa muse, qu'il tient tendrement entre ses mains créatrices. Il lèche le dessin ourlé de ses lèvres, très lentement. Le drap blanc scie son dos musculeux, brun et sans poils, dont la peau luit sous l'éclairage de la lampe en cette matinée froide et sombre.

Pendant que la ville s'éveille et que les couples s'activent frénétiquement pour déjeuner et préparer la marmaille pour la garderie de l'école, lui fait tendrement et sans empressement l'amour à celle qui a partagé sa couche.

Malgré le froid polaire et les quelques flocons épars précurseurs de l'hiver, toute la chaleur que dégage leur étreinte torride irradie jusqu'à moi, me transformant en brasier ardent.

Ce n'est pourtant pas la première fois que je vois ce bel artiste faire l'amour à sa partenaire du moment mais cette fois, je me sens cruellement en manque de sexe bien que je sois mariée. Il doit bien y avoir un an que je n'ai pas fait l'amour. Entre mon mari et moi, il n'y a plus d'affection et donc plus de sexe. Nous ne sommes plus que deux colocataires. Chaque jour creuse ainsi un peu plus mon état de manque.

Dans un sursaut de pudeur, je détourne mes yeux de l'action pour me plonger dans la plaidoirie que je dois livrer au tribunal le lendemain.

✧

Ce n'est que sur le coup de midi que je me préoccupe de nouveau de l'artiste. Enfin, ce n'est qu'une demi-vérité puisque je me suis refusé toute la matinée de reluquer par ses fenêtres.

Sa muse est partie, les draps sont encore défaits sur le lit et lui travaille torse et pieds nus à parachever le portrait de celle qu'il a possédée au lever du jour. Dans son loft atelier, des dizaines de tableaux reposent sur des chevalets, créant un univers érotique sans pareil.

C'est l'appel d'un collègue qui s'excuse de devoir annuler le lunch que nous comptions partager qui me pousse à agir. Soudainement libre pour une heure ou deux, j'enfile mon manteau en rejoignant le rez-de-chaussée. Je traverse ensuite la rue sous les gros flocons paresseux. Le ciel plombé est menaçant, peut-être essaie-t-il de me communiquer son désaccord ?

Sauf que je resterais sourde à tout avertissement. Vous est-il déjà arrivé un jour d'en avoir ras-le-bol ? D'avoir envie de vous éclater, de fuir vos responsabilités ne serait-ce que quelques heures, pour vous livrer vous-même à vos besoins et à vos désirs, sans vous soucier sur le moment des conséquences ? Je devine que oui, mais vous n'avez jamais osé. C'est cela ? Eh bien moi, si.

Aujourd'hui, je veux m'occuper de moi, prendre du bon temps sans être redevable à qui que ce soit. N'est-ce pas une réaction normale ? Peut-être pas d'une mère de famille responsable, direz-vous. Mais avant d'être épouse et mère de famille, je suis avant tout une femme animée de désirs et d'envies.

En pénétrant dans l'immeuble, je découvre que l'accès aux lofts est sécurisé. J'appuie sur quelques sonnettes, jusqu'à ce qu'une voix bourrue me réponde depuis un étage supérieur.

« Livraison spéciale », improvisé-je du but en blanc.

La serrure grésille et je pousse la porte. Je boude l'escalier pour emprunter le monte-charge. Au quatrième étage, le couloir est tout blanc, sans âme, et ponctué de lourdes portes en métal. Mes talons claquent sur le parquet de bois. Je frissonne encore du froid extérieur. De nervosité aussi. C'est de l'improvisation totale. Un saut aveugle dans l'inconnu. Exactement ce qu'il me faut pour tromper mon ennui profond.

J'atteins le coin de l'immeuble. Contrairement aux autres, la dernière porte, celle qui semble correspondre au loft en coin, est peinte en noir. Une affiche carrée dit : Benito Sanchez, artiste peintre. Un Sud-Américain, sans doute. Ça expliquerait ses cheveux sombres et son teint olivâtre. Sans parler de son sang chaud !

Je cogne en brisant presque mes jointures sur le métal. Plusieurs secondes s'écoulent avant que le battant s'ouvre lourdement. Celui que j'observe depuis des semaines se tient sur le seuil, vêtu seulement d'un jean.

Sur son torse apparaissent quelques taches de peinture. Il me dévisage et sourit, avant que ses yeux glissent brièvement sur mon corps. Simple déformation professionnelle, ai-je deviné. Quoique intimidant, son regard semble appréciateur.

« Bonjour ! dis-je dans un souffle. Je... je suis désolée de vous interrompre en pleine création, mais on m'a donné votre nom... Je cherche des œuvres à exposer... »

Ses yeux brillent d'un éclat gourmand, comme s'il s'apprêtait à me dévorer toute crue. Il a attaché ses cheveux avec un élastique, ce qui dégage son visage séduisant. Il arbore une petite cicatrice au-dessus de la lèvre supérieure. Elle lui accorde d'ailleurs des airs de mauvais garçon.

Son menton volontaire, un peu comme le mien, nargue le monde entier. Une mèche noire s'est défaite de l'élastique et pend sur son œil. Il est à peine plus grand que moi. Ses muscles nerveux forment de belles courbes sous sa peau hâlée.

« Vous avez un musée ? » me demande-t-il avec intérêt.

Je ne me suis jamais sentie aussi scrutée. Ses yeux me transpercent tels deux sabres acérés. Sa voix est riche, mélodieuse, teintée d'un léger accent hispanique. Je l'imagine très bien me susurrer des obscénités à l'oreille. Que dois-je répondre ?

« Je... non. C'est pour ma collection personnelle. »

Il me fait entrer. Son jean moule des fesses adorables. Le loft sent la peinture et le solvant.

« Faites comme chez vous, regardez tout autour. Vous aimez les nus ?

– Beaucoup. »

Et certains plus que d'autres, ai-je failli ajouter. Il y en a pour tous les goûts. Elles sont toutes superbes, jeunes aussi. Plus jeunes que moi, ai-je songé aussi avec un pincement au cœur. Benito accorde beaucoup d'importance aux poitrines et, bizarrement, aux pieds.

Elles sont partout sur les murs, dans des positions variées. Je réprime un frisson en passant près du lit. L'artiste est sur mes talons, il me parle de chaque muse. Je résiste à l'envie de repérer la fenêtre de mon bureau depuis ma position.

« Et voici Pénélope, ma dernière œuvre », présente-t-il en exhibant le portrait inachevé de sa muse de la nuit.

« Vous la peignez même si elle n'est pas là ?

– Je peins de mémoire. Je me rappelle de chaque détail », m'assure-t-il de sa voix suave.

Je n'en doute pas un seul instant. Je sens ses yeux sur moi, comme un faisceau très révélateur. L'œuvre de la blonde est presque terminée. Je remarque sa vulve blonde, très touffue, contrairement à la mienne.

Si je ne m'étais pas épilée, je serais on ne peut plus brune ! Sa poitrine est remarquable, au moins du double de la mienne, tout en étant plus ferme Cette constatation m'arrache un soupir. Que fais-je donc ici ?

« Il y en a une qui vous plaît en particulier ? résonne la voix sensuelle de Benito derrière moi, juste dans mon dos.

– C'est difficile, elles sont toutes magnifiques. »

En fait, je ne suis pas certaine de vouloir posséder le portrait d'une femme qu'il a certainement baisée. Je ne sais plus bien pourquoi je suis venue ici. Bon, oui, je me souviens. Mais ça m'apparaît maintenant si absurde que je songe à retourner illico à mon bureau.

Elles sont toutes si splendides, comment pourrais-je même penser pouvoir livrer compétition avec elles ? Je devrais retourner sur-le-champ à ma petite vie rangée, à mon mari, à mon emploi dans l'édifice d'à côté. Pourtant, je reste.

« Puis-je vous suggérer Charlie ? » me demande-t-il en indiquant le portait d'une rousse incendiaire, les mains attachées derrière le dos avec de la corde de chanvre, le dos arqué et les seins tendus, prêts à exploser.

Ses cheveux roux ont l'air de langues de feu léchant ses joues. Ses yeux verts, à demi fermés, expriment un abandon bouleversant. Je m'imagine entravée de la sorte et j'en tremble de désir. Voyant que je ne réponds pas à son offre, Benito se place entre moi et son œuvre.

« À moins que vous ne désiriez votre propre portrait ? » suggère le peintre alors que je m'apprête effectivement à partir et à renoncer à ma folle idée.

Je me retourne. J'ai plus que jamais des papillons dans l'estomac. L'offre est claire et honnêtement, pas tout à fait inattendue. Je l'espérais, en quelque sorte.

Benito se tient tout près de moi. Il émane de lui un érotisme aigu, une sorte d'aura puissante et très sexuelle. Je suis troublée, chavirée. Je ne crois pas un jour avoir autant désiré un homme.

« Moi ? » fais-je innocemment.

Je suis ravie de découvrir l'intérêt dans ses yeux, considérant toutes les beautés fatales qui ont déjà posé pour lui.

« Absolument. Vous êtes sublime, vous feriez un excellent sujet. Vos yeux sont très candides. On peut y lire toutes vos émotions. »

Je me sens rougir. Que peut-il y lire en ce moment ? Peut-il déceler mon désir presque animal ? Mes yeux sont le reflet de mon âme et je sens qu'ils sont sur le point de me trahir.

« Là, maintenant ? »

Il acquiesce en silence. Puis, il me touche le bras. Une vraie décharge électrique. Je tressaille.

« Vous pouvez vous dévêtir derrière ce paravent, m'offre-t-il en désignant une espèce d'écran chinois. Au fait, comment vous appelez-vous ?

– Line », dis-je en gagnant l'abri du paravent.

✧

Je suis étonnamment à l'aise lorsque je reviens me jucher sur le tabouret de bois que Benito me désigne, comme si j'avais fait cela toute ma vie. Tandis qu'il commence l'esquisse, je sens l'air effleurer ma peau, titiller le bout de mes seins, s'insinuer entre mes cuisses. Il travaille en silence ; à elle seule, l'intimité troublante de son regard me fait vibrer de l'intérieur.

Je ne peux croire qu'en moins d'une heure, je me retrouve nue dans son atelier, à poser pour lui, en attendant de passer au lit comme il le fait avec toutes ses muses. Je regarde ses mains. Elles sont belles, puissantes. Je les imagine sans mal sur moi. Sa bouche sur ma peau, sa langue en moi. Je songe que je mords son épaule robuste au moment où je jouis. Comment fera-t-il pour donner vie à ma vulve mouillée sur le tableau ?

Au diable l'œuvre d'art ! Je ne suis pas venue ici pour poser, et encore moins pour acheter une peinture. Soyons réalistes, je suis ici pour baiser. Le sexe pour le sexe. Et comme je lis dans ses yeux un intérêt charnel à peine dissimulé, je décide que les préliminaires ont assez duré.

Je me lève. Sur mes cuisses apparaissent encore les marques laissées par l'élastique de mes collants. Je marche résolument vers lui et il dépose son fusain pour m'accueillir tendrement dans ses bras.

Je presse mes seins nus contre son torse chaud et ferme. Il souffle son haleine enivrante dans mon cou. Nos bouches se cherchent, se trouvent. Je soupire sous l'intensité de son désir que je peux ressentir à travers ses jeans.

Ses mains se déplacent sur mon corps, ses doigts fouillent entre mes fesses, ses dents étirent ma lèvre inférieure, prisonnière de sa bouche. Un feu consume mon corps. Je crains de défaillir tellement mon désir est grand.

Pendant qu'il m'embrasse, je déboutonne ses jeans avec une telle frénésie que je dois m'y reprendre à deux fois. Nous rions de ma maladresse, avant que je faufile ma petite main à l'intérieur. Benito ne porte pas de sous-vêtement. Son pénis est chaud, très doux, et je l'extirpe délicatement de sa cachette. Il se débarrasse ensuite de ses jeans d'un simple coup de pied.

Il est affamé, tout autant que moi, et nos bouches témoignent bruyamment de notre zèle. Il recueille mes seins frileux dans ses mains, il réchauffe mes mamelons dans le creux de ses paumes, et il réconforte mes larges aréoles. Il les tète ensuite amoureusement en se servant de sa salive qu'il y a déposée pour les masser religieusement.

Étourdie, je tente de m'agenouiller pour goûter à son organe, mais il me retient fermement par les bras. Benito me fait plutôt pencher sur la grande table où il range ses pots de peinture. Il me prend ainsi par-derrière, lui debout contre moi.

Tandis que je le sens bien loin dans mon vagin, habile et en pleine possession de mon corps, il glisse sa main sur mon dos, sur ma nuque, avant de m'empoigner solidement les épaules.

Mes seins sont écrasés sur la table, il presse son corps contre le mien, il murmure à mon oreille quelques propos grivois. Je savoure l'instant, prise tout entière, baisée comme je le souhaitais. Il bouge lentement, prenant tout son temps pour bien m'envahir.

Benito me porte ensuite au lit, où le parfum de sa muse précédente s'entête sur l'oreiller. Je m'allonge sur le dos, tremblante de désir. Benito tient mes talons dans le creux de ses mains alors qu'il se réintroduit en moi. Il me tient bien écartelée, ses yeux intenses ancrés aux miens, ses cheveux abondants libérés de l'élastique encadrant son visage d'une beauté sauvage.

Quand je pose mes talons sur son torse moite, il caresse mes jambes du bout des doigts, depuis mes cuisses jusqu'aux chevilles, sans jamais cesser de bouger en moi. Puis, son index suit le contour de mes petites lèvres, là où elles sont écartelées autour de son membre vaillant.

C'est d'une sensualité qui m'était jusqu'alors inconnue. Je n'avais jamais rien vécu de similaire, d'avoir cette impression d'être vénérée de la tête jusqu'au bout des orteils.

Fiévreux, il embrasse justement mes pieds gracieux, puis chacun de mes orteils, et j'insère le plus gros dans sa bouche câline. Il les prend plutôt tous les cinq, il les enfourne puis fait sinuer sa langue entre eux. Je retiens un petit cri. Ses caresses me chatouillent, quoiqu'elles soient aussi très jouissives.

Ses allées et venues langoureuses nous bercent dans une communion totale. Toujours avec mon pied dans sa bouche, il se répand en moi, en mordillant le bout de mes orteils. Il serre si fort mes chevilles qu'il interrompt la circulation du sang dans mes pieds, le temps que tout son plaisir se soit échappé.

Puis, il se retire, libérant un flot intense entre mes cuisses. Benito masse alors ma vulve avec cette huile à massage unique, onctueuse et tiède. Je gémis doucement de ses caresses savantes, qu'il maîtrise avec un art consommé.

J'ai redouté un moment qu'il me laisserait en plan après avoir joui, mais son ardeur semble plutôt s'accroître. Il me regarde encore comme s'il voulait me dessiner, ce qui est probablement le cas! Ses yeux enflammés passent de mon visage à ma vulve, qu'il observe avec une tendresse infinie.

Sa main s'approprie entièrement mon sexe, ses doigts me fouillent les entrailles et son poignet glisse sur mon clitoris badigeonné de sperme. Tout en me couvant de ses yeux dont l'éclat frise la perversité, il commence à lécher mes lèvres ainsi imbibées. Un frisson me parcourt l'échine, un courant de plaisir me foudroie jusqu'aux extrémités de mes pieds, là où sa salive reste encore bien humide entre mes orteils.

J'essaie de bouger, mais il me tient étroitement. Je pose mes mains sur sa tête, je glisse mes doigts dans ses cheveux. Le sperme fait glisser ses joues sur mes cuisses, sur ma vulve. C'est comme si on m'avait versé une rasade de lubrifiant. Et comme je n'ai aucun poil, l'exquise sensation en est encore décuplée.

Il coule de sa semence sur mon anus, où Benito la récupère tout doucement du bout de la langue, avant de revenir boire sur mes lèvres gonflées de plaisir. Je jouis ainsi, grâce à sa bouche, qui n'en finit plus de me laver de nos échanges.

Benito doit tenir mes hanches, puisque je bouge trop violemment pour qu'il puisse plaquer sa bouche sur ma vulve. Après mon orgasme, il reste entre mes cuisses, en soufflant doucement sur ma vulve, comme s'il voulait ainsi la rafraîchir.

Il roule ensuite sur le dos et je pose mon pied nu sur son torse, tel le dompteur qui domine la bête. Il y a longtemps que je ne me suis pas sentie aussi bien, aussi satisfaite. Je ne suis que moi, Line, et non pas celle que les autres veulent que je sois. Je suis une femme qui assouvit ses désirs sans regarder derrière et qui n'avait pas joui depuis douze longs mois. Une éternité.

Encore enivrée par le plaisir, je lève les yeux. Quelques étages plus haut, dans mon bureau, une silhouette s'amène. On nous regarde ! Je rabats vivement le drap sur ma tête en poussant un petit cri.

« Quoi ? Tu as vu un fantôme ? me demande Benito.

– Bien pire, dis-je en riant. Viens sous le drap, on recommence dans le noir ! »

✧

Un mois plus tard, Benito a terminé mon portrait. Durant ces quatre semaines, nous avons fait l'amour tous les jours. Je lui ai raconté comment j'avais appris son existence et nous avons même fait l'amour dans mon bureau. Quand il m'a offert mon portrait, j'ai tout bonnement refusé de le prendre.

On ne pouvait se méprendre sur mon identité. Benito avait rendu avec une grande précision les détails de mon visage. Son pinceau avait aussi été fort élogieux pour mon corps.

« Je préfère que tu le vendes. Je dois dire que l'idée de me retrouver nue sur le mur d'un étranger n'est pas sans me séduire. »

Après cela, nous avons cessé de nous voir. Ce n'est pas sans un petit pincement de jalousie que je vois défiler dans son lit d'autres muses fort aguichantes, mais lorsque je n'en peux plus, je ferme carrément les stores de mon bureau.

Benito m'a appelée hier pour m'annoncer qu'il avait vendu mon portrait. Il m'a proposé de fêter cela. J'ai su ce que cette proposition impliquait. Pour lui, sabler le champagne équivaut à soûler ma vulve. C'est un truc délirant qu'il m'a montré et qui est réservé aux plus hardies d'entre nous. Dans une autre histoire, peut-être vous révélerai-je en quoi il consiste.

J'ai refusé son invitation coquine. Car étrangement, notre liaison aussi intense qu'éphémère a relancé mon couple.

✧

Je tiens la main de mon mari. Les enfants sont à l'école et nous déambulons dans la rue. Nous avons pris congé pour nous retrouver tous les deux. C'est nouveau, ça. Devant une boutique érotique, il me dit qu'il veut m'acheter quelque chose que nous pourrions essayer dans une chambre de motel à l'heure. Ça aussi, c'est nouveau.

« On pourrait soûler ta vulve », me propose-t-il aussi.

Il fallait bien que je lui montre si je ne voulais pas me passer de cette technique ! Après avoir examiné des tenues plus que légères, mais pas vraiment mon style, et beaucoup plus attentivement des boules thaïlandaises à insérer dans le rectum, j'arrête mon choix sur un vibrateur noir comme la réglisse et long de trente centimètres.

Sans trop savoir pourquoi, j'ai toujours entretenu le fantasme de baiser avec un homme de race noire. Je saisis donc là l'occasion de réaliser mon désir sans pour autant mettre mon couple en péril.

Mon mari et moi pouffons de rire au moment de payer. L'engin à piles n'entre même pas dans le sac tant il est long !

« C'est un vrai, moulé sur le membre d'un acteur de films pornos », nous informe la commis.

L'employée me regarde bizarrement, comme si elle cherchait à se rappeler où elle m'avait déjà aperçue auparavant.

« Si vous le rencontrez, dites-lui de m'appeler ! »

Je suis déjà très excitée. Juste à penser que cette queue existe vraiment, je mouille ma culotte !

Derrière moi, un jeune couple magasine des boules chinoises. L'homme s'extasie à tel point que je me retourne, intriguée de savoir s'il se pâme aussi pour le pénis d'ébène.

« Wow ! Elle est magnifique ! » fait-il en pointant le mur.

Et là, juste au-dessus du présentoir de boules chinoises, est accroché mon portrait dans toute sa splendeur. Tous se tournent vers moi, incluant mon mari, ayant reconnu le sujet du portrait. Embarrassée, je reste sans voix, sauf pour déclarer : « Connaissez-vous la technique de la vulve soûlée ? »

Mon plombier préféré

Mon amoureux est plombier, un métier qui attire son lot de blagues salaces. En fait, lui et moi nous sommes rencontrés exactement de cette manière. Il est venu s'occuper de mes tuyaux, en échange de quoi je me suis chargée du sien !

Aujourd'hui, j'ai pris congé sans l'avertir. Je veux le surprendre sur le grand chantier résidentiel où il est assigné pour les prochaines semaines. Quelques hommes coiffés de casque sifflent sur mon passage. La robe d'été que je porte, très légère et accrochée à mes épaules par des bretelles spaghettis, a tendance à voler au vent et à découvrir mes cuisses musclées.

Je marche jusqu'à son camion, garé devant une maison au parement à moitié achevé. Il n'y a pas encore de porte sur la maison, juste un rideau de plastique que j'écarte doucement. Les bruits qui proviennent de l'intérieur m'indiquent que mon plombier préféré s'y trouve bel et bien.

Je me dirige vers la cuisine, tout au fond de la maison, où les échos se cognent sur les murs. La pièce est vide, la plomberie est déjà installée. Mon amoureux doit donc se trouver à l'étage. Je monte sur la pointe des pieds, après avoir retiré mes souliers pour ne pas le prévenir de ma présence.

Le bran de scie colle sous mes pieds tandis que je m'oriente vers la salle de bain. Les armoires sont déjà fixées dans la pièce très vaste et mon amoureux procède à l'installation de l'évier. Il est allongé au sol et tout son torse disparaît dans le cabinet où il installe la tuyauterie.

Il porte son bleu de travail, ses bottes à embouts d'acier aux bouts abîmés et sa ceinture à outils. Quant à moi, je ne porte absolument rien sous ma robe, sauf mon parfum. En silence, je viens me placer au-dessus de mon amoureux.

Je m'éclaircis la voix, ce qui me semble résonner dans toute la maison. Heureusement que nous sommes seuls ! J'écarte bien les jambes, juste au-dessus de son ventre. Je sens un courant d'air s'insinuer entre mes cuisses.

« Pardonnez-moi, mais auriez-vous l'obligeance de m'aider, s'il vous plaît ? »

En se redressant, il faufile ainsi sa tête sous ma robe. Je sens presque son haleine sur ma vulve libre comme l'air, qui a déjà commencé à mouiller quand j'imaginais que tous ces hommes qui me sifflaient se relayaient pour me prendre à tour de rôle.

« Alors, tu aimes ce que tu vois ? » dis-je d'une voix vibrante de désir.

Pour toute réponse, sa langue glisse sur ma cuisse, sa pointe humide remonte sur mes lèvres baveuses. Je gémis juste en entendant mes lèvres rebondir sur sa langue.

Mon amoureux adore mon sexe, il le vénère en me comblant de cunnilingus aussi furieux que répétés. Ma vulve a toujours été pour moi une source de complexe, avant que je rencontre Simon.

Auparavant, mes amants étaient rebutés par mes lèvres ballantes, difficilement logeables dans une culotte tong. Ils n'en parlaient jamais, bien sûr, mais leur propension à éviter tout contact buccal avec ma vulve était déjà une démonstration assez éloquente de leur dédain.

J'ai maintes fois songé à la chirurgie esthétique pour en faire réduire le volume, jusqu'à ce que le dévouement maniaque de Simon pour le cunnilingus me réconcilie avec mes parties intimes.

Sous ma robe, il en prend de grosses bouchées et je sens mes genoux faiblir. Je suis si étourdie que je dois me cramponner au comptoir. Je sens mes lèvres s'écarter sur ses joues tandis qu'il fouille mon anatomie de sa langue savante.

Sa barbe frotte sur mes cuisses et ses mains besogneuses agrippent mes fesses sous ma robe. J'adore qu'il soit ainsi camouflé. Je me concentre ainsi exclusivement sur sa langue, sur ses mouvements originaux, sur la pression de ses lèvres sur mon clitoris.

Je regarde dehors, mais je ne vois rien. Je suis totalement absorbée, à savourer cette gâterie matinale que j'ai décidé de m'offrir sur un coup de tête. Sa langue forme des « S » sur ma vulve. Elle s'attaque à sa partie antérieure, engourdissant mon orifice, comme pour éliminer cette barrière naturelle entre ma vulve et mon anus.

Sa salive déborde et coule sur mes cuisses. J'agonise de plaisir, sa bouche chaude est câline, adoratrice, et je pousse de petits hoquets de ravissement quand les attentions effervescentes de sa langue s'emballent sur mon périnée.

C'est merveilleusement sensible, plutôt vicieux, et j'écarte un peu plus les jambes pour lui faciliter les choses. Tout en léchant mon fruit bien juteux, il caresse mes mollets, mes cuisses, et le contact rugueux de ses doigts sur ma peau accentue mes frissons.

Je tiens sa tête par-dessus ma robe, puis je caresse mes seins. Je jouis en m'agrippant au comptoir comme une naufragée à sa bouée. Au moment où mon extase atteint son paroxysme, où ma vue se brouille et mes pensées s'emmêlent, tétanisée par le majeur qu'il insère en moi, je m'affaisse sur son visage, ma vulve bien pressée contre sa bouche, mes cuisses serrées sur ses joues.

Il doit pratiquement étouffer sous mon poids, mes fesses pesant de tout leur poids sur son menton, ma vulve mouillée sur sa bouche. Le pauvre boit sa tasse plus que jamais !

Des pas retentissent alors dans l'escalier. Mon cerveau me crie de me relever, mais mes jambes refusent obstinément d'obéir. Je suis donc encore bien en selle quand mon amoureux déboule soudainement dans la pièce.

« Te voilà ! On m'avait dit que tu étais entrée ici et que… » s'exclame mon amoureux, m'administrant le choc de ma vie, avant de s'interrompre devant la scène qui s'offre à ses yeux.

L'homme qui s'est dévoué à me lécher quitte l'abri de ma robe. Autour de sa bouche luisent les preuves irréfutables de mon plaisir. Toute l'ampleur de ma mégarde me frappe avec la force d'un train rentrant à la gare.

« Qui est-ce ? » me demandent simultanément les deux hommes.

Je rougis, encore étourdie de mon plaisir.

« Je peux tout expliquer », bredouillé-je, abasourdie.

Mais déjà, mon lécheur anonyme défait les bretelles nouées sur mes épaules. Ma robe choit au sol, autour de mes chevilles. L'état surexcité de mes seins ne saurait mentir sur mes vilaines intentions.

« On partage ? » offre à mon amoureux cet inconnu très doué pour le cunnilingus.

Je retiens péniblement mon souffle. Je découvre que j'ai très envie de profiter de l'union de leurs bouches gourmandes et de leurs grosses tuyauteries !

Mon amoureux, stoïque, nous dévisage tous deux sans mot dire. Son expression s'avère indéchiffrable, bien maligne celle qui pourrait deviner ce qui mijote dans sa tête.

Finalement, il fait un pas en avant et défait sa ceinture. Pour les grosses besognes, deux bons hommes ne sont pas superflus !

C'est dans l'temps du jour de l'An

Je n'ai jamais aimé les rassemblements du temps des fêtes, et surtout ceux où je ne connais personne. Bien que Ryan et moi sortions ensemble depuis septembre, c'est la toute première fois que je rencontre sa famille qui habite à Boston.

Nous sommes le 31 décembre. Notre avion ayant pris du retard en raison du verglas qui sévissait à Montréal, nous sommes arrivés bons derniers à la réception, qui se déroule dans la vaste maison familiale.

Dès notre arrivée, la parenté enthousiaste s'est emparée de Ryan, le petit dernier et chouchou de la famille, qu'elle n'avait pas vu depuis l'an dernier. Je me suis donc retrouvée seule, dans un coin de la cuisine, où je pige ici et là dans les plats, une flûte de champagne à la main.

Il règne une chaleur intense dans la maison surpeuplée d'une cinquantaine de personnes, dont quelques jeunes enfants. La majorité des gens parlent l'anglais si vite que j'ai peine à saisir leurs propos.

J'ai donc choisi de me retirer dans la cuisine en attendant que Ryan se libère pour me présenter officiellement les membres de sa famille. Quelques-uns ont bien essayé d'engager la conversation, mais mon anglais aussi laborieux que leur français a rapidement mis fin à tout espoir de rapprochement.

J'étire le bras pour saisir le dernier amuse-gueule aux tomates séchées lorsqu'une voix s'élève derrière moi.

« Ne me dites pas que vous avez pris le dernier ! Et d'abord, qui êtes-vous ? Que faites-vous dans cette maison ? »

Je me retourne vivement, à la fois surprise et choquée d'être ainsi interpellée. Un homme grand et corpulent me dévisage de ses yeux bleus. Ses cheveux bruns sommairement coiffés tombent sur le col de sa chemise. J'avale rapidement l'amuse-gueule en levant mon doigt pour le faire patienter.

« Je-je suis désolée, mais... » commencé-je, en mesurant mes paroles.

Il éclate de rire et secoue la tête.

« Je blaguais, bien sûr. »

Je m'aperçois tout juste qu'il me parle en français. Certes de façon hachée, mais tout à fait convenable.

« Vous devriez avoir honte ! J'ai bien failli m'étouffer avec cet amuse-gueule », dis-je en pouffant de rire.

Il me tend la main et je la prends. Il garde la mienne longuement et je peine à soustraire mes yeux de l'examen soutenu des siens.

« Je m'appelle Corey. Et vous êtes... ?

– Rosalie. »

Il hoche la tête.

« C'est très poétique. J'ai surtout l'habitude des Jennifer, Debbie et Susan.

– Et par habitude, qu'est-ce que vous insinuez ? »

Il présente un visage anguleux, fort séduisant. Sa chemise est étirée sur ses larges épaules et je devine sous le coton l'empreinte symétrique de ses pectoraux.

« Rien de plus qu'il m'est agréable de vous rencontrer, Rosalie. En fait, c'est de loin le moment le plus plaisant de ma soirée. »

Pour une raison obscure, je choisis de ne pas lui révéler que j'accompagne probablement un membre de sa famille. Peut-être est-ce parce que Ryan et moi nous sommes querellés dans l'avion et que cette dispute a semé un froid qui ne s'est pas encore dissipé. Une revanche, en quelque sorte.

« Vos cheveux blonds, c'est drôle...

– Quoi ?

– Vous avez sûrement remarqué que vous êtes la seule blonde de tout le groupe. On dirait un ange dans les ténèbres. »

Je lui donne une tape sur le bras.

« Faites-vous autant de baratin à toutes les Debbie, Susan et Jennifer de ce monde ?

– Seulement les blondes. »

Pas mal, me dis-je en souriant. Ce type pourrait être railleur s'il n'était pas aussi beau et charmant. Je me penche encore sur la table pour y prendre une crudité et mon mouvement lui révèle la ligne discrète de ma poitrine dans le « V » prononcé de mon chemisier.

« Vous ne m'avez toujours pas expliqué ce que vous faites ici. Je ne me rappelle pas avoir une cousine comme vous. Pour la première fois, ça m'aurait poussé à renier mes liens familiaux. »

Je cherche à toute vitesse une explication sans mentir.

« Je... je suis une amie de la famille. Est-ce suffisant ?

– Amplement. »

Il vide son verre de vin. Ses joues colorées attestent que ce n'est pas le premier qu'il ingurgite.

« Il nous reste à trouver une feuille de gui, insinue-t-il, nettement moins subtil.

– Je n'ai jamais cru à cette tradition.

– Ah ? » fait-il, déçu.

Pourquoi lui rendrais-je les choses faciles ?

« Je me suis toujours dit qu'il est possible de faire des rapprochements sans s'encombrer de cet ornement. »

Il retrouve soudainement le sourire.

« Vraiment ?

– Avec la bonne personne, bien entendu. Bonne soirée, Corey. »

Je m'éloigne en le plantant là, consciente d'avoir suffisamment joué avec le feu. Je sens ses yeux dans mon dos, mais je résiste à l'envie puissante de me retourner. Je parcours quelques pièces, à la recherche de Ryan, jusqu'à ce que je le trouve dans une sorte de boudoir mal éclairé qui sent le renfermé, où la télé diffuse des informations en continu sur la chaîne CNN.

Ryan est assis sur le sol et tapote la main de celle que je présume être sa vieille tante, qui marmonne entre ses dents des propos incohérents. Je fais marche arrière avant qu'il me voie et qu'il m'attire aussi dans ce piège.

Je prends une autre coupe de champagne à la cuisine, où j'espérais peut-être retrouver Corey. Il n'y a pas âme qui vive, à part quelques gamins qui pigent allègrement dans un grand bol de croustilles.

Je cherche un exutoire, la soirée ne fait que commencer et je trépigne déjà d'impatience de sortir d'ici. J'avise les marches menant au sous-sol et je les emprunte en catimini.

L'air est nettement plus frais en bas. Les murs de faux-fini sont couverts de photos de famille. Un bar en stuc blanc regorge d'alcool de toutes sortes. Sur le comptoir craquelé, un bibelot représentant un enfant occupé à uriner dans un pot doit dater d'une bonne vingtaine d'années. Quelques lampes sont allumées et nimbent les divans fleuris d'un halo vacillant.

Tout au fond, près d'un réfrigérateur d'appoint rempli de bières et de bouteilles de champagne, une chambre à coucher sert de placard pour les manteaux des invités. Ces derniers ont été empilés sur le lit et seule une petite veilleuse branchée dans la fiche murale permettra aux convives de s'orienter lorsqu'ils les chercheront.

Je contourne le bar, dont la zone arrière est bloquée par une porte battante digne des westerns classiques. Des rideaux orange, confectionnés dans un vieux couvre-lit, masquent une grande partie des stocks de boissons.

Je repère une bouteille de scotch entamée. J'en verse deux doigts dans un des verres décoratifs qui ornent les tablettes de verre et je descends la boisson d'un seul trait. Elle réchauffe aussitôt ma gorge et mon estomac.

Je capte mon profil dans le mur en miroir. Le bandeau noir que je porte dans mes longs cheveux blonds rajeunit mon allure. On doit me donner tout au plus vingt ans, alors que j'en ai six de plus. Mes yeux très bleus, presque comme l'azur, m'attirent invariablement les compliments.

Je verse d'autre scotch dans mon verre, les yeux rivés sur mon double, peu désireuse de retourner là-haut. En fait, je préférerais être ailleurs.

«Vous devriez faire gaffe à ne pas être malade», laisse tomber une voix familière depuis la chambre.

Je sursaute, gênée d'être surprise dans mon auto-examen. J'étais convaincue d'être seule. J'aperçois pourtant Corey assis dans une bergère, dans le coin de la chambre. Il me sourit et je sens une toute autre chaleur m'envelopper. Je lève mon verre et la bouteille.

«Vous m'accompagnez?

– Avec plaisir.»

Je prends un autre verre de la collection et j'apporte le tout dans la chambre.

«Qu'est-ce que vous faites ici? dis-je en lui versant une rasade de scotch.

– Je pourrais vous demander la même chose.

– Je passe le temps.

– *Cheers!*» s'exclame-t-il en faisant tinter son verre contre le mien.

Nous buvons une gorgée en nous dévisageant. Il y a assurément un courant qui passe entre nous.

« Versez-m'en encore ! » demande-t-il avec enthousiasme.

Après quelques autres verres, nous sommes officiellement ivres. Je m'assois sur le lit en remontant ma jupe sur mes jambes. Ses yeux effleurent mes mollets, mes genoux, jusqu'à la mi-cuisse. Je vois briller dans ses yeux ce que j'espérais déceler : la convoitise.

« Ferme la porte », dis-je en retirant mes souliers.

Il la claque plus qu'il ne la ferme et il me rejoint précipitamment au lit. Ses yeux sont en flammes et je brûle tout comme lui d'un désir aussi soudain qu'intense.

Corey s'escrime d'abord avec la fermeture à glissière de ma jupe, avant de retirer mes collants, ne me laissant que mes sous-vêtements. Il me retire facilement mon bandeau et mes cheveux coulent comme un fleuve autour de mon visage. Il est encore tout habillé lorsqu'il se presse contre moi, me faisant ainsi culbuter dans les manteaux.

« Tout doux, cow-boy », dis-je avant qu'il me réduise au silence en m'embrassant fort habilement.

Nous roulons dans les manteaux, où je me retrouve étendue sur une pièce en ocelot. Je le regarde défaire son pantalon. Il est nerveux, car le bouton lui donne du fil à retordre. Ce doit être court pour éviter d'être surpris. Il baisse finalement son pantalon aux genoux, exhibant un membre imposant, que je qualifierais de mignon.

Corey enfourche mon visage et je suce aussitôt son gland, plus rouge que son bâton, et très chaud dans ma bouche. Du bout des doigts, Corey caresse ma joue bombée par son pénis enfoui dans ma bouche. Il trace le contour de mes sourcils, la ligne de mon nez.

Il est bien dur et ne peut plus loger dans ma bouche à capacité restreinte. Encore bien mouillé de salive, il présente son gland aux portes épilées de ma vulve. Je pose mes pieds sur ses pectoraux au moment où Corey me prend profondément. Il entre et sort pendant de longues secondes, attisant mon impatience, se soustrayant sans cesse à mes mains. Nous faisons l'amour comme si nous nous connaissions depuis toujours, avec un mélange de tendresse et de précipitation.

Je cache mon visage dans les manteaux pour geindre, ce qui ne m'arrive qu'en de rares occasions. En tout cas, jamais avec Ryan. Corey me prend délicatement le menton pour me tourner le visage.

« Je veux te voir, Rosalie. Montre-moi comment tu es quand tu jouis. »

Il bascule sur le dos et je l'enfourche, en m'installant confortablement en selle. Le manteau de fourrure est resté accroché à moi et me couvre le dos. Corey tient mes seins dans ses mains, en les cajolant doucement.

Il surveille aussi mes humeurs et quand il détecte les premiers signes précurseurs de l'extase, il me renverse sur le dos et complète sa tâche en me léchant comme un cornet.

Je ne le vois plus, quelques manteaux le recouvrent, et je m'abandonne au flux de plaisir qui prend possession de moi. Je jouis en mordant mes doigts, en appréciant le roulement mouillé de sa langue sur mon clitoris.

J'expire longuement, en frottant mes cuisses sur ses joues, et lui récupère autour de ma vulve mes lubrifications abondantes. Mon cœur manque de s'arrêter quand la porte de la chambre s'ouvre à la volée.

Je songe que je me suis fait prendre, avant de réaliser que seule ma tête émerge des manteaux. Corey reste sagement enfoui, sa langue roulant paresseusement sur mes lèvres échauffées.

« Qu'est-ce que tu fais ? Je te cherchais partout », demande mon amoureux qui vient d'entrer.

Il s'avance dans la pièce, s'approchant dangereusement du lit.

« Rien… je me suis sentie un peu étourdie et j'ai décidé de m'allonger un instant.

– Dans les manteaux ? Ça ne doit pas être très confortable… »

La langue de Corey continue de paresser sur mon clitoris. Je sens poindre un nouvel orgasme.

«Tu es sûre que ça va?»

Il suçote désormais ma friandise. Je suis à l'agonie, je m'apprête à jouir sous les yeux naïfs de mon amoureux!

«Oui, oui, puisque je te le dis. Je viens te rejoindre dans un instant.»

Il tourne les talons, et il ne semble guère convaincu. Peut-être parce que j'ai la voix tremblante, mais ça n'a rien à voir avec un malaise!

«Si tu n'es pas sortie dans cinq minutes, je reviens te chercher», m'avertit-il en quittant la chambre.

Dès que la porte est refermée, j'ouvre la digue qui retenait ma jouissance. Je rejette ensuite les manteaux avec mes pieds et j'ondule le corps de satisfaction. Corey a si chaud que ses cheveux sont trempés sur son front. Il embrasse trois fois ma vulve avant de remonter son pantalon.

«Tu n'as même pas joui», déploré-je en accueillant son baiser.

– Juste de voir ton expression valait le meilleur des orgasmes, me dit-il tendrement. Tu restes encore longtemps à Boston?

– Une semaine», dis-je rêveusement.

Il griffonne son numéro de téléphone sur un bout de papier et le chiffonne dans le creux de ma main.

«Appelle-moi. On pourrait reprendre là où on a laissé. Et vraiment prendre tout notre temps, cette fois.»

Je regarde le papier. Corey Smith...

«Je... Qui est Ryan par rapport à toi?

– Mon frère. Pourquoi?

– Tu es... Corey, le frère!

– Oui. Alors, qu'en dis-tu?

– Je suis vendue à l'idée... je vais tenter de me libérer...

– Quelques heures.

– Oui.»

Il me souffle un baiser en refermant la porte. Je me rhabille, tout engourdie, et je rêvasse un peu sur mon lit de manteaux. Je suis encore essoufflée et je dois attendre que les couleurs s'en aillent, que mes joues reprennent leur teinte pâle et naturelle.

La porte s'ouvre encore. Mon amoureux s'est visiblement impatienté et vient s'asseoir sur le lit, exactement là où Corey m'a prise fougueusement.

« Tu sais à quoi j'ai pensé ? Qu'on pourrait faire l'amour dans ces manteaux ! »

Je souris, contrainte, encore hors de souffle.

« Génial ! »

Ryan déboutonne mon chemisier, des airs de déjà-vu. Il saisit l'un de mes seins mal remis dans mon soutien-gorge et s'en repaît en grognant. Pour la troisième fois, la porte s'ouvre et je rabats vivement un manteau sur ma poitrine. C'est Corey, dont la braguette est encore ouverte et dont la chemise blanche en sort comme un mouchoir de poitrine.

« Je voulais te dire que… commence-t-il à mon intention, avant d'aviser mon partenaire.

– Quoi ? » répondons-nous à l'unissons.

Mon amoureux me dévisage, tout mélangé. Corey est paralysé, cherchant visiblement autre chose à dire que ce qu'il s'apprêtait à me lancer. Il détaille mes épaules nues. S'il est jaloux, il n'en laisse rien paraître.

« Pour la semaine prochaine, j'ai déjà très hâte », nous dit-il enfin, s'étant décidé à livrer le message authentique.

Mon amoureux hoche la tête, croyant que son frère fait allusion à leur joute de hockey de garage dont il me rabat les oreilles depuis un mois.

« Moi aussi ! » lançons-nous en chœur.

L'ex-amant de Véronique

Une grande tasse de café, presque un seau, refroidit sur la table ronde alors que Véronique dévore un bouquin de psychologie. Elle a posé ses grands pieds nus sur la chaise opposée et regarde par les grandes fenêtres la fébrilité de la rue lorsqu'elle tourne une page.

C'est un tout petit café urbain, aux murs couverts de rayonnages de livres, où les clients viennent tant pour la qualité du café que pour l'atmosphère paisible. Véronique adhère tout à fait à cette mentalité zen qui gagne la faveur de maints adeptes.

Véronique est si captivée par sa lecture qu'elle n'a pas vu l'homme qui s'est arrêté sur le trottoir au milieu de la foule et qui la dévisage longuement en se demandant si c'est bien celle qu'il croit reconnaître.

Elle lève à peine les yeux de son ouvrage pour saisir sa tasse à deux mains et son regard croise enfin celui du passant. Le bouquin manque de tomber par terre, le café de se renverser sur elle.

Durant de longues secondes, Véronique ne peut y croire. Ça ne peut pas être lui. C'est un moment qu'elle appréhendait, qu'elle souhaitait ne jamais avoir à vivre, car elle aurait été bien incapable de prédire sa réaction.

Pour l'instant, Véronique ressent de l'impuissance, de la peur aussi. De revoir ainsi son ex-amoureux après tout ce temps ravive des émotions depuis longtemps enfouies, peut-être même un désir refoulé à grand-peine.

Il entre dans le café ; elle aurait pourtant préféré qu'il continue son chemin. Mais elle le connaît trop bien, elle sait ce qui se prépare, et elle ne bénéficie que de quelques secondes pour se prémunir contre ses charmes.

« Véronique ! Je n'en reviens pas que ce soit toi ! »

Si elle avait été debout, Serge lui aurait fait la bise. Mais elle se garde bien de se lever. Tout contact avec lui doit être proscrit. Il saisit le dossier de la chaise libre, il n'a pas l'intention de partir.

En ôtant ses pieds, Véronique renverse la chaise. Serge a le don de la rendre maladroite, de lui faire vivre un inconfort qu'elle s'était pourtant juré de ne plus jamais ressentir.

« Je n'en reviens pas moi non plus », rétorque-t-elle en s'exhortant à une parfaite maîtrise de ses émotions.

Véronique dévisage ce virtuose du sexe. Elle a largement profité de ses nombreux talents. Seulement, elle s'était aperçue trop tard qu'elle n'était pas exclusive et qu'il tenait à faire profiter de ses habiletés le grand nombre de femmes possible. Blessée, Véronique avait alors rompu et résisté à toutes ses tentatives de réconciliation. Non sans peine.

« Qu'est-ce que tu fais ici ? » demande-t-il en touchant sa main sur la table.

Véronique s'empresse de la retirer. Tout contact avec lui à l'époque s'avérait dangereux et par le seul frisson qui la secoue maintenant, elle constate à son grand dam que rien n'a vraiment changé.

« Et toi, que fais-tu ici ? lui retourne-t-elle sans répondre.

– J'habite dans le coin, à la prochaine intersection. »

Elle n'aurait pas pu mal choisir son lieu de détente, si près de l'antre du loup !

– Tu vis avec quelqu'un ? demande-t-il ensuite d'un air innocent.

– Depuis quelques mois », répond Véronique.

C'est une nouvelle relation, qu'elle estime prometteuse. Elle est seulement préoccupée par l'aspect sexuel, justement là où elle et Serge excellaient. Avec son nouvel amoureux, ce ne sont pas les grands feux d'artifice, mais au moins elle peut compter sur une stabilité affective que Serge n'avait jamais su lui offrir.

Au cours des derniers mois, Véronique a pu explorer à fond sa sexualité en vivant des expériences variées avec d'autres femmes, des aventures d'un soir, du sexe en groupe. Elle se sent donc prête pour un peu de stabilité, en essayant de se convaincre que le sexe ne tient pas une place prépondérante dans la dynamique d'un couple.

Serge ne se laisse pas désarçonner par l'engagement de Véronique. Il n'est pas du genre à respecter ce type de détail. Du bout des pieds, Véronique chausse ses mules de cuir, prête à partir si la situation devenait insoutenable.

« C'est un hasard incroyable, mais hier je regardais des photos de toi à La Ronde. Tu te souviens ? Puisque tu es ici, je pourrais te les donner. En même temps, tu pourrais visiter mon appartement.

– Non », répond sèchement Véronique.

Les yeux de Serge se rétrécissent. Il flaire l'occasion, elle s'est montrée beaucoup trop tranchante.

« Véronique, tu es en couple. Je respecte cela », prétend-il.

Mon œil, songe Véronique. Il n'est pas question qu'elle se retrouve seule avec lui. Elle en avait discuté un jour avec Thierry, le mari de son amie, et lui avait dit que si jamais elle croisait Serge dans la rue, elle lui passerait sur le corps avec sa voiture. Elle avait fini par avouer que ce serait probablement lui qui lui passerait sur le corps, dans tous les sens lubriques du terme.

« Ces photos sont vieilles de dix ans, Serge.

– Et alors ? C'est vrai que tu as changé pour le mieux », la complimente-t-il.

Il est aussi subtil qu'un éléphant dans un magasin de porcelaine. Il n'a pas du tout changé. Comment peut-il insinuer qu'elle a changé pour le mieux ? Elle a pris une quinzaine de kilos, majoritairement aux endroits où il vaut mieux pas. Ses seins, bien que minuscules, n'ont certes plus la fermeté de l'époque. Son compliment n'a donc qu'un seul but : faire tomber ses défenses. Serge doit suspecter sa réticence, car il choisit un autre angle d'attaque.

« Tu te rappelles notre baise à trois ? »

Le visage agréable de Véronique se fend involontairement d'un sourire.

« Comment pourrais-je l'oublier ? »

À l'époque, ils hébergeaient un ami qui venait de rompre avec sa conjointe. Ils dormaient tous dans le même lit, entassés comme des sardines. Une nuit où Véronique et Serge faisaient l'amour, leur invité s'était naturellement joint à eux. Véronique avait partagé son attention entre les deux hommes, jusqu'à ce qu'ils jouissent de ses caresses.

Serge prend la main de Véronique, qui sent sa détermination l'abandonner. Il en avait toujours été ainsi et même dix ans plus tard, il exerce encore sur elle cette influence qu'elle ne savait secouer.

« Allez, viens avec moi. Je veux seulement te donner les photos. Tu pourras partir ensuite. Promis. »

✧

Son appartement ressemble à celui d'un étudiant : petit, en désordre, chichement meublé. Comme si pour lui, le temps s'était arrêté dix ans plus tôt. Véronique veut seulement prendre les photos et ficher le camp de là.

Les premiers signes de son mensonge apparaissent quand il invite Véronique à s'asseoir sur le divan. Elle s'installe, en tirant la robe qui dénude ses cuisses robustes. Elle revient des Antilles et sa peau affiche un joli hâle uniforme.

« Veux-tu quelque chose à boire ?

– Je veux les photos. »

Il sourit. Véronique connaît déjà la réponse qu'il s'apprête à lui servir. En fait, elle connaît parfaitement la suite des événements. Et ça la rend euphorique et triste en même temps.

« Je ne les ai pas, Véronique. Toi et moi, ce sera toujours puissant. Tu n'as pas accepté de venir jusqu'ici juste pour des photos, tu le sais très bien. »

Serge vient s'asseoir contre elle. Il lui masse doucement les bras. Elle ferme les yeux, les images du passé reviennent en rafale. Véronique reconnaît son toucher, sa manière unique et exaspérante de la faire réagir au quart de tour. Comme s'il n'avait qu'à appuyer sur un bouton.

Ses mamelons pointent déjà sous la robe, les poils se dressent sur ses bras. Serge pèle rapidement la robe sur ses épaules, jusqu'à ce qu'elle roule sur ses hanches en y entraînant son soutien-gorge.

Ses petits seins frisent l'obscénité, tellement ils sont excités. Serge les embrasse un à un, en les recueillant comme des orphelins dans le creux de ses mains. Le corps de Véronique prend facilement le dessus sur ses objections morales et elle s'abandonne sans plus réfléchir. Elle s'abîme dans les bras de sa délinquance et s'apprête à savourer ces moments libidineux d'extase.

Car avec Serge, elle n'a jamais vécu de déception sexuelle. Il a toujours su la combler de façon diversifiée. Ils épluchent simultanément les vêtements de l'autre. Les années ont greffé à Serge un ventre et significativement plus de poils sur la poitrine. Hormis ces détails, Serge est tel qu'elle se le rappelait.

Véronique se retrouve à quatre pattes, et Serge la lèche par-derrière. Il lui fait mal. Pas physiquement, mais dans l'âme.

Parce qu'elle renie tous ses beaux principes de fidélité, ses valeurs et ses idéaux. Et c'est sa faute à lui si elle a sombré aussi facilement. Bien sûr, Véronique n'y croit pas du tout.

Car elle reste la seule à blâmer pour se retrouver ainsi à quatre pattes, maintenant assaillie par sa queue qui n'a rien perdu de sa vigueur. Où son corps célèbre ces retrouvailles exquises, son esprit entreprend déjà la valse des remords.

Véronique n'a jamais été une fervente amoureuse de la pénétration, lui préférant nettement un cunnilingus et plus récemment, la sodomie. Mais Serge a toujours su comment faire ; c'est le seul homme avec qui elle peut affirmer qu'il lui a donné un plaisir aussi intense avec la pénétration traditionnelle.

Ce qui est nouveau pour lui, ce sont ses fesses qui ont pris une ampleur qui sied bien à sa maturité. Il semble effectivement s'en complaire, en les serrant affectueusement dans ses mains, pour que sa queue très active se retrouve ainsi comprimée entre leur abri moelleux.

Serge se sert de cet abri comme d'un deuxième vagin, un fourreau confortable et enveloppant, qui cajole son gland de ses douceurs et de sa chaleur. Après quelques secondes, il retourne s'abriter dans le vagin de Véronique.

Cette dernière renoue avec les élans passionnés de son amant, avec son habileté presque rageante de jouer d'elle comme d'un instrument, comme d'un objet sexuel jetable. Ce qui l'horripilait auparavant la satisfait aujourd'hui.

Serge se blottit dans son dos, un bras enroulé autour de son ventre, plus rebondi qu'à l'époque. Il cherche ses mamelons pour les torturer entre ses doigts, pour les étirer et pour les pincer, tout en lui assénant par-derrière des coups de butoir accusateurs.

Puis, Serge se retire pour la manger encore, sachant brillamment alterner la punition avec la réconciliation. Sa bouche virile et le sexe de Véronique ne font qu'un, comme dans le temps. Sa bouche presque vulgaire épouse les contours de sa vulve, les méandres de son intimité. Elle souffle dans les ténèbres de son abîme.

Non mais, quel baiseur sensationnel ! Si seulement il n'était pas si con, égoïste, manipulateur, menteur et racoleur ! Elle pourrait dans ce cas répéter l'expérience, peut-être même envisager une relation à long terme.

Véronique lui permet de lui lécher l'anus, mais pas question de le laisser entrer là. Elle réserve cette porte aux plus méritants, ceux pour qui elle éprouve de sérieux sentiments. Si elle le laissait l'enculer maintenant, Véronique aurait le sentiment de perdre la dernière tranche d'indépendance qu'elle pouvait encore lui opposer.

Quand Serge sent que sa compagne serre les fesses, il la reprend par-derrière. Pendant les trente prochaines minutes, il secoue Véronique de ses élans, jusqu'à ce qu'il explose enfin, mettant un terme à cette torture intérieure qui déchire la belle brunette.

Serge vient abondamment sur son postérieur, comme s'il en faisait une fixation, et il étend sur ses rondeurs le lac blanc de son sperme, tapissant ses lèvres et son anus, de ses cuisses abondantes à ses reins enveloppés.

Véronique s'ébroue de plaisir et tend la main derrière pour étendre le sperme sur ses fesses. Elle le badigeonne aussi sur ses flancs avant de lécher sa paume maculée. Serge vient l'embrasser, avant de lui lécher la main, et tous deux s'emportent encore.

Il vient alors à l'esprit de Véronique qu'elle lui empoisonne peut-être aussi l'existence. Que lui non plus ne souhaitait peut-être plus la revoir, mais que l'attrait qu'elle exerce l'a fait basculer également dans la convoitise.

Véronique se sent mieux juste à penser qu'il peut aussi éprouver des remords, qu'il a pu aussi trahir la confiance d'un être cher pour renouer avec elle, l'espace de ces délicieux instants de délinquance. Mais surtout, elle se sent revigorée à penser qu'elle peut exercer un tel magnétisme.

Ce n'est pas qu'on ne le lui ait jamais dit. Thierry, le mari de son amie, s'est toujours montré franc en lui répétant inlassablement à quel point son charme opère puissamment sur les autres. Il suffit à Véronique de voir la mine ébahie de Thierry quand elle revêt un décolleté ou une tenue sexy. Le pauvre en perd littéralement son latin !

Sauf qu'elle n'a jamais jusqu'à maintenant accordé trop de crédibilité aux commentaires d'un homme qui rêve jour et nuit de la culbuter de toutes les manières imaginables !

Maintenant qu'elle décèle la même lueur hallucinée dans les yeux de Serge, Véronique comprend tout juste l'ampleur du magnétisme qu'elle exerce sur les hommes. Et derrière ce sourire torve qui étire ses lèvres et lui attire une nouvelle série de baisers brûlants de son amant fougueux, se cache la satisfaction d'être une désirable muse.

La crémaillère

Je me tiens devant ma nouvelle maison. Ma première maison. À trente ans et des poussières, je réalise un grand rêve. J'ai toujours cru que je le concrétiserais en couple mais faute d'avoir déniché le prince charmant, je me suis résignée à me lancer seule dans cette aventure.

Les ouvriers ont mis la touche finale aux travaux quelques jours plus tôt. Ils ont terminé en posant une toute nouvelle pelouse, dont le vert luxuriant fascine l'œil sous le soleil radieux.

Bien que je sois de nature assez indépendante, je ne voulais pas vivre seule le moment où je franchirais pour de bon la porte de ma nouvelle demeure. J'ai donc invité mon amie Karine à pendre la crémaillère avec moi.

Pour l'instant, elle me tient la main. Nous sommes toutes deux immobiles devant l'entrée fraîchement asphaltée, les yeux levés vers le faîte de la maison où un coq en cuivre indique la direction des vents.

« Tu viens ? Je t'offre un bon verre de vin », dis-je en tirant mon amie vers la porte.

Elle résiste. Sa mine espiègle me fait pouffer à tout coup.

« J'ai une surprise pour toi. Elle est dans le garage. »

Je remarque pour la première fois que les fenêtres encastrées dans la large porte qui donne un air campagnard au décor sont masquées de vieux journaux qu'on a pris soin de coller à l'intérieur.

« Ah ? » fais-je, intriguée par la voix mystérieuse de mon amie.

Elle tient dans sa main la télécommande qui sert à l'ouverture automatique de la porte. Elle me la remet cérémonieusement en souriant de plus belle.

« Quand tu seras prête, appuie sur le bouton.

– Mon Dieu ! Pourquoi tant de mystères ? Que me réserves-tu là-dedans ?

– Ouvre et tu verras bien. »

Je commande l'ouverture de la porte, qui glisse docilement sur ses rails. Lorsqu'elle est complètement remontée, je découvre qu'un drap blanc, suspendu au plafond, masque l'espace intérieur.

« Vas-y, entre. Quand tu seras à l'intérieur, je fermerai la porte. Ensuite, tu pourras écarter le drap, me dit Karine.

– Bon sang, tu commences à me faire peur. Pourquoi toutes ces cérémonies ?

– Il convient de souligner en grand cet événement. Je tiens à ce que tu te rappelles toute ta vie de cette journée unique.

– C'est déjà chose faite, crois-moi. »

Karine me pousse gentiment dans le garage. Le drap suspendu ondule au vent.

« Donne-moi tes sandales », me demande encore Karine.

– Mes sandales ? Mais pour quoi faire ?

– Donne-les-moi, c'est tout. »

Après avoir dévisagé mon amie durant quelques secondes, je m'exécute finalement. Le ciment du sol est froid sous mes pieds nus.

« Et maintenant ?

– Reste exactement où tu es. Je vais fermer la porte. Quand elle sera complètement baissée, tire sur le rideau. »

Karine va à l'extérieur et appuie sur le bouton. Le moteur électrique ronronne et la porte descend. Elle touche le sol avec un son sec, définitif. Je remarque que le drap est suspendu à une corde qui traverse le garage sur sa largeur.

Je tire sur ce rideau improvisé, m'attendant à découvrir de l'autre côté un quelconque appareil ménager, sans toutefois comprendre pourquoi Karine m'a fait retirer mes souliers.

Ma surprise est donc exponentielle quand je découvre la surprise que m'a réservée Karine. Rassemblés autour de la grille d'écoulement du plancher, cinq hommes vêtus simplement d'un boxer blanc m'attendent en souriant. Quatre d'entre eux tiennent un pain de savon, tandis que le cinquième brandit le boyau d'arrosage.

Le néon du plafond éclaire leurs corps parfaits, hâlés et musclés. Deux sont blonds, les autres bruns. Ils ressemblent à des danseurs de la troupe Chippendales. Ils affichent tous dans leur boxer respectif une bosse fort éloquente.

Comme je suis sans voix, celui qui tient le boyau s'approche de moi. Sa peau est aussi lisse que celle d'un bébé, mais là s'arrête toute comparaison possible !

« Je m'appelle Dave. Et voici Sébastien, Peter, Benjamin et Cédric. Nous sommes ici pour te préparer.

– Me préparer ? À quoi ? »

Il ignore ma question. Ses yeux ont la teinte hallucinante du ciel.

« Tu peux te dévêtir toi-même, ou nous sommes aussi tout à fait disposés à le faire. »

À quoi rime tout cela ? Ses quatre acolytes se rapprochent aussi. Le spectacle de leur torse nu est époustouflant. Ils pourraient charger un prix d'entrée juste pour être contemplés.

« Je… tant qu'à être ici, autant me faire gâter », dis-je sentant ma tête tourner.

Ils m'encerclent aussitôt. Dave vient dans mon dos, tandis que l'un des autres déboutonne mon chemisier. Dave le retire et m'embrasse les épaules où les bretelles de mon soutien-gorge sont vite écartées.

Les bonnets se détachent de mes seins, qui ont la fâcheuse tendance à chuter de quelques centimètres sur mon ventre. Les deux devant, Sébastien et Peter, baissent lentement ma jupe.

Leurs mains caressent mes jambes au passage, envoyant un frisson de plaisir dans mon corps. Ils laissent ma culotte en place, un modèle brésilien qui couvre à peine les limites de ma vulve et qui, derrière, découvre mes fesses fermes.

Quatre mâles m'enlacent, me couvrent de baisers sur la nuque, les épaules et les bras. Mes mamelons prennent de l'ampleur, mes joues de la couleur. Le cinquième homme, que je crois être Cédric, va ouvrir les robinets.

Le boyau déverse alors une eau délicieusement chaude, juste à la bonne température. Dave arrose mon corps nu, concentrant le jet sur mes seins, puis sur mon ventre. Il fait le tour derrière et insère le boyau entre mes cuisses. L'eau ainsi projetée sur ma vulve encore culottée découvre mon clitoris jusque-là encore blotti dans sa caverne.

Sébastien saisit la gueule du boyau. Lui et Dave tirent chacun de leur côté, comme s'ils participaient à une compétition de souque à la corde, ce qui impose au boyau de caoutchouc un mouvement de va-et-vient entre mes jambes. Le plaisir est vicieux, inédit, surtout inattendu.

L'eau gicle sur les hommes, mouillant leurs boxers, moulant leurs membres virils contre le coton mouillé. Le tissu presque transparent me permet de détailler cinq belles queues, de dimensions très honorables, ainsi que des fesses bombées et musclées.

Peter et Benjamin frottent les pains de savon entre leurs mains pour les faire mousser. Ils se servent ensuite de leurs quatre grosses mains pour savonner mes seins dont ils soupèsent la lourdeur.

Leurs doigts étirent mes mamelons, et ma poitrine est bientôt couverte d'une mousse blanche et abondante. Je sens mes genoux fléchir, tandis que les doigts de Cédric et de Sébastien s'insèrent dans ma culotte pour savonner ma vulve sensible.

Derrière, Dave nettoie minutieusement mon anus, son doigt pousse même du savon dans mon rectum. La fine bande de coton de ma culotte est écartelée sur mes fesses et l'eau ruisselle le long de ma colonne vertébrale.

Dave me débarrasse finalement de mon sous-vêtement trempé. Je suis toute nue, parfumée de savon, et étourdie de désir. Je n'en peux plus et je saisis le premier qui se présente à moi, Peter, je crois. Je tire sur son boxer et j'utilise le savon qui mousse sur moi pour le masturber de ma main droite. De l'autre, je répète le manège avec Sébastien.

Dave passe le boyau à Cédric et en me tenant les hanches, il m'enfile après avoir baissé son boxer. Sa queue est un match parfait pour mon vagin qui en avait désespérément besoin.

Ils se retrouvent bientôt tous nus, en belle érection, et ils se succèdent en moi. Cinq queues vaillantes et dévouées. Cinq gaillards entreprenants, excités par ma nudité. Cinq, rien de moins !

Pendant que l'un me pénètre, les autres poursuivent leur nettoyage. Ils savonnent tout : mes bras, mes mains, mes jambes, mes orteils et plusieurs fois ma vulve pénétrée et mes seins.

Leurs mains sont partout sur moi, leur pénis en alternance en moi. C'est insensé mais tellement bon ! Je jouis alors que Peter me prend vigoureusement, les mains de ses amis se disputant mes lèvres mousseuses. Aucun d'eux n'est venu, et ça ne semble pas être une préoccupation.

Ils sont encore au garde-à-vous, tandis que Dave rince mon corps avec l'eau chaude. Pour une belle crémaillère, c'en est une, ai-je pensé, avant que Dave reprenne la parole.

« Ce n'est pas fini. Tu peux maintenant monter à ta chambre. »

Je fronce les sourcils, intriguée. Mais aussi déçue de devoir les quitter. Nue et mouillée, déjà nostalgique, je monte l'escalier jusqu'à l'étage. Je dégoutte de savon et d'eau sur le plancher de bois.

La porte de ma chambre est fermée. Je pose la main sur la poignée en bec de canard, le cœur battant. Qu'est-ce qui m'attend, cette fois ? Je pousse le battant pour découvrir cinq femmes rassemblées autour de mon lit, recouvert d'une multitude de serviettes blanches.

Les cinq femmes, superbes et sans défauts, ne sont habillées que de strings blancs. À peine plus de deux centimètres de coton couvrent la largeur de leur vulve alors que derrière, le fil disparaît entre leurs fesses idéales.

Leurs poitrines sont une ode à la fermeté. Rien en dessous d'un bon C. Fermes, rondes et symétriques. Plusieurs tiennent des bouteilles d'huile dans leurs mains.

Une mulâtre époustouflante, avec des cheveux bouclés, s'avance vers moi. Malgré leur volume, ses seins remuent à peine, tels deux monuments érigés en son honneur.

« Bonjour. Je m'appelle Yolanda. Et voici Caprice, Eugénie, Mathilde et Vanna. Nous sommes ici pour te masser et te donner beaucoup de plaisir. J'espère que les hommes se sont bien occupés de toi ? »

Le bout de son nez remue en harmonie avec ses lèvres. Elle est délicieuse, probablement la plus belle femme que j'aie vue de toute ma vie.

« Ils ont été parfaits, ai-je confirmé d'une voix vibrante de passion.

– Étends-toi, laisse-nous aussi te dorloter », m'invite la superbe Yolanda.

Je m'étends sur le ventre et Caprice, une blonde idyllique qui pourrait être suédoise, rassemble mes cheveux pour les nouer sur ma nuque. Le contact de ses doigts soyeux me fait frémir.

Celle qui s'appelle Eugénie verse de l'huile chaude sur mon dos et mes jambes. Toutes cinq s'attaquent ensuite à mes muscles tendus. Mathilde est assise sur mes reins et masse mes épaules. Eugénie et Vanna se partagent mes jambes. Yolanda pétrit mes bras tandis que Caprice, dont le prénom lui va si bien, prend soin de mes fesses.

Leurs mains huileuses ne négligent aucun recoin. Elles massent même mes orteils, mes chevilles, mes poignets. Et de plus en plus, les doigts de Vanna et d'Eugénie se rapprochent de ma vulve, effleurant mes lèvres, agaçant mon sexe ému.

Je les laisse me retourner sur le dos, plus du tout nerveuse, mais juste anxieuse. À tour de rôle, elles massent mes seins, mon ventre, et leurs mains glissent sur l'huile chaude versée entre mes jambes.

Quand elles m'ont bien pétrie, manipulée et caressée, elles se mettent à lécher l'huile comestible. Leurs langues roses et précises glissent là où les hommes sont précédemment passés de manière plus robuste.

Elles se frottent toutes contre moi, langoureusement. Leurs poitrines irréprochables sont couvertes d'huile, leurs mamelons très durs creusent des sillons dans ma peau réchauffée.

Bon sang ! Mais où Karine a-t-elle pris cette idée ? Et où a-t-elle déniché ces mâles et ces femelles ahurissantes de beauté ? Je n'ai jamais été autant chérie, dorlotée et câlinée.

Ma vulve est devenue leur terrain de chasse. Elles se bousculent maintenant entre mes cuisses pour récolter leur part de gâteau, en une succession étourdissante de bouches, de langues et de doigts.

Elles se relaient pour m'embrasser gentiment entre les cuisses, chaque baiser s'achevant en *french kiss* passionné avec ma vulve. Mes petits hoquets de plaisir semblent les motiver encore plus à me choyer, si c'est humainement possible.

Je fonds de plaisir. C'est trop de sensations, un afflux massif et déconcertant. Tandis que la sombre Yolanda et la pâle Caprice unissent leurs talents sur ma vulve et mon clitoris, Eugénie et Vanna lapent bruyamment mes seins ravis de cette révérence. Mathilde m'embrasse sans reprendre son souffle, asphyxiant ainsi mes cris de plaisir.

Je suffoque de tendresse, je suis gavée de caresses. Je jouis interminablement, livrée à ces cinq femmes dévouées, décidées à me conduire au septième ciel.

Je plante mes talons dans les serviettes, que j'agrippe aussi avec mes mains, et je m'envole vers les hauteurs vertigineuses de cet orgasme intense, qui me fait grincer des dents. Toutes leurs bouches fusionnent sur mon sexe soigneusement lavé par les hommes et huilé par les femmes.

L'orgasme circule dans mes veines comme un arc électrique. Je soulève les fesses quelques secondes, avant de retomber inerte sur les serviettes. Complices, les femmes s'essuient mutuellement la bouche, où l'huile et mes émotions sont clairement visibles. Elles n'ont jamais enlevé leurs culottes, préservant leur ultime intimité, ne révélant que leurs poitrines parfaitement dessinées. Yolanda me prend par la main. Ses doigts caressent les miens, ses yeux voyagent inlassablement sur mon corps, flatteurs.

« Les hommes t'attendent en bas pour te laver, me dit-elle doucement. Nous espérons juste que tu reviennes…

– Vous restez… ?

– Toute la journée, me confirme-t-elle. Tu pourras nous utiliser autant de fois que tu le voudras. »

Je pointe sa culotte, à travers laquelle j'aperçois le motif de ses lèvres intimes.

« Si je reviens, je veux que vous les retiriez.

– Avec plaisir. »

Au moment de descendre, je reviens sur mes pas. Elles se tiennent toutes dans la porte, leur magnifique nudité exhibée sous mes yeux.

« Pourquoi ne viendriez-vous pas avec moi ? fais-je en songeant au tableau de perfection de tous ces corps enchevêtrés dans le garage.

– C'est ta journée, pas la nôtre », proteste Yolanda.

Je lui prends la main à mon tour.

« Justement. À moi seule, je ne pourrai résister longtemps à ces cinq dynamos. À nous toutes, je prévois une longue bataille ! »

« Flash-back »

Mes paupières semblent peser une tonne. J'essaie bien de les ouvrir, mais c'est comme si on les avait hermétiquement collées. Après trois tentatives infructueuses, je parviens enfin à les entrouvrir.

Je regrette aussitôt mon acharnement car le soleil s'insinue sournoisement dans les ouvertures, guère plus que deux fentes, et je grimace, la bouche pâteuse, la tête comprimée dans un étau.

Il me faut plusieurs secondes, sinon quelques minutes, pour m'acclimater à la lumière du jour. Je vois d'abord le ventilateur au plafond qui brasse l'air chaud et humide. Puis les murs, uniformément blancs. Ça sent fort, la peinture, je crois.

Je ne suis pas chez moi. Je suis allongée nue, sur un matelas posé à même le sol. Je roule sur moi-même et je bute sur un autre corps. C'est une femme, nue aussi, allongée sur le dos.

Je me retire vivement, tout à coup bien éveillée, et je tombe en bas du matelas sur le plancher de bois, le drap encore enroulé dans mon dos en sueur. Et je regarde cette étrangère, blonde, une vraie blonde, avec sa toison pâle coupée en triangle.

Elle a de jolis seins qui restent vaillamment au garde-à-vous et dont les larges aréoles volent le spectacle. Elles sont si grosses et si pâles, pratiquement indiscernables sur sa peau. Une contradiction flagrante avec mes seins dont les aréoles, guère plus vastes que des pièces de cinq cents, sont aussi foncées que le noyer.

Mais qu'est-ce qu'elle fait là ? Ou plutôt, que fais-je ici ? me suis-je demandé en regardant autour de moi. Il y a des pots de peinture et des pinceaux partout. Aucun meuble, hormis le matelas.

Pourquoi est-elle nue ? Aurions-nous couché ensemble ? Impossible, me dis-je pour me réconforter, tout en redoutant de découvrir ce qu'est cette substance séchée entre mes cuisses.

Je regarde de nouveau la nudiste endormie. Sur le bout de son nez, elle porte des traces de peinture. Ses aisselles sont très lisses, probablement épilées au laser. Elle porte dans un orteil un anneau en argent.

Je m'étire pour chasser les courbatures. Je cherche mes vêtements, que je trouve éparpillés au sol. Un débardeur marine et un short. Pas de sous-vêtements. C'est étrange, je n'ai pas l'habitude d'omettre ce détail. J'enfile mes vêtements avant de passer à la cuisine.

Je meurs de soif et je bois deux grands verres d'eau coup sur coup. Je connais bien les symptômes ressentis : j'ai une sérieuse gueule de bois. Je regarde dehors par la fenêtre au-dessus de l'évier. Je ne reconnais pas ce quartier. Mais où suis-je donc ? Et qu'est-ce que je fabriquais toute nue dans ce lit ?

J'entends le plancher craquer derrière moi et la blonde, encore flambant nue, se faufile pour m'embrasser dans le cou, son bras amoureusement enlacé sous mes seins. Ses lèvres humides chatouillent ma peau, elle souffle doucement sur mon oreille.

« Bon matin. Bien dormi ? me demande-t-elle en se servant des céréales et du lait. Tu en veux ? »

Je fais non de la tête. Elle boit ce qui reste du lait à même le carton et quelques gouttes fuient entre ses seins. Il est arrivé à tout le monde de croiser quelqu'un quelque part, qui semble bien nous connaître et que nous n'arrivons pas à replacer. Je vis exactement cette situation embarrassante, sauf que cette personne mange présentement un bol de céréales nue devant moi, avec l'aisance de l'habitude.

Je n'ai jamais couché avec une autre femme et pourtant, la scène dans laquelle je joue un rôle actif me laisse croire que c'est exactement ce que j'ai fait. Je ne peux y avoir été contrainte, car l'intense sentiment de satisfaction qui m'anime s'avère quasiment euphorique.

Par-dessus son bol de céréales, le blonde me dévisage en souriant. Ses yeux d'un bleu ahurissant trahissent son amusement. Elle a de belles lèvres, du genre qui doivent être plaisantes à embrasser. Je me demande si je l'ai fait.

« Comment va la tête ? me demande l'inconnue.

– J'ai un mal de bloc, fais-je d'un ton monocorde.

– Pas étonnant, avec tout le vin que tu as bu. »

Je remarque pour la première fois les deux bouteilles de vin dans le bac de récupération. Ma marque favorite. J'essaie de me rappeler. De toutes mes forces. Mais rien ne me revient. La blonde achève ses céréales et dépose ensuite le bol vide dans l'évier.

« Viens avec moi sous la douche. Ça va apaiser ta migraine », suggère-t-elle en s'étirant.

Le pire, c'est que j'en ai réellement envie. Je me sens attirée par elle, par le caractère obscène de sa poitrine. Sauf que je vois là une occasion rêvée de faire la lumière sur ma présence ici.

« Non, vas-y. J'irai ensuite. »

Elle hausse simplement les épaules et s'éloigne sans un mot vers la salle de bain. Ses fesses rondes portent la marque horizontale du comptoir où elle était appuyée.

Dès que j'entends l'eau couler, je fonce au salon, où je fouille aussitôt dans son sac à main. Je trouve rapidement son porte-monnaie, conçu pour loger douze cartes mais qui en contient une bonne trentaine. Sur le permis de conduire, je lis son nom : Karine Boivin.

Ce nom ne me dit rien. Je me sens à la fois triste et euphorique. Qui est-elle ? Et pourquoi diable ai-je couché avec elle ? Car, dans mon esprit, ça ne fait plus aucun doute.

« Tu es certaine que tu ne viens pas ? L'eau est brûlante, ça fait un bien inouï ! » me crie-t-elle depuis la douche.

Je continue de fouiller son porte-monnaie et là, protégée par un plastique, je découvre une photographie d'elle avec mon ex-amoureux. Tout me revient maintenant. Karine est la nouvelle flamme de mon ex, celle pour qui il m'a larguée il y a quelques jours à peine et avec qui il s'apprête déjà à emménager dans ce nouvel appartement. Hier, dans un accès de rage délirant, j'ai décidé de me venger. Œil pour œil.

Je suis donc débarquée ici avec mes bouteilles de vin, dans l'intention vile de séduire Karine en la faisant boire. Sauf que c'est moi qui ai pris la tasse et nous avons bel et bien couché ensemble.

J'ai donc fait l'amour avec la nouvelle partenaire de mon ex, je lui ai bel et bien remis la monnaie de sa pièce. Je devrais donc partir sur-le-champ.

« Amélie ? » m'appelle Karine avec insistance.

J'ai inventé ce prénom. J'ai prétendu être une voisine venue lui souhaiter la bienvenue. J'ai seulement été étonnée qu'elle accepte si facilement d'avoir une aventure avec moi.

C'est en me rappelant de la nuit bouillante que nous avons passée ensemble que je pénètre dans la salle de bain, plutôt que de partir en douce. Je me dévêts et je rejoins Karine sous le jet brûlant.

Son corps est mousseux, admirable. Elle m'embrasse sous le jet, en prenant mes joues entre ses mains. Elle glisse sa langue sur mes lèvres, sur mes dents, et je vois ses mamelons se durcir au milieu de ses aréoles gigantesques.

« Refais-moi ce que tu m'as fait hier », me supplie-t-elle dans l'oreille.

Je souris. L'eau ruisselle sur son corps que je me mets à embrasser partout avec une ferveur croissante. Si j'en profite largement, j'ai aussi la ferme intention de la rendre dépendante de moi. Je me rappelle désormais de cette volonté première qui avait été la mienne, juste avant que je me soûle à mort pour me donner le courage nécessaire.

Je m'installe au sol, la tête appuyée sur la tablette moulée, et Karine remue sa vulve sur ma bouche, choisissant d'alterner les mouvements frénétiques de ma langue entre son clitoris et sa vulve. Je la lèche avec acharnement, comme on se dépêche de lécher la boule de crème glacée qui menace de fondre à tout moment.

Ses aréoles déjà impossibles ont encore élargi en raison de la chaleur ambiante et ses mamelons saillent maintenant d'un bon centimètre. Elle presse son sexe plus fort sur ma bouche et j'introduis ma langue dans son vagin.

Tout comme la veille, Karine couine de plus en plus fort. Les poils de son triangle blond chatouillent mon nez. Je découvre que j'aime autant m'adonner au cunnilingus qu'à la fellation. Peut-être même plus. Si mon ex-amoureux apprenait cela !

Karine m'a aussi mangée cette nuit mais ce matin, je tiens à faire encore plus forte impression. Elle s'appuie à son tour sur la tablette, à deux mains, et je m'agenouille derrière elle. Je reviens la lécher avec la même ostentation, en joignant mon index à ma bouche. Je mords le gras de sa fesse, sa cuisse aussi, et je suçote son anus tout propre, encore mousseux de savon.

Juste par l'attention presque maniaque qu'elle a consacrée à le nettoyer, je comprends qu'elle tient à ce que j'y accorde quelques caresses et je ne la déçois pas.

Quand elle jouit, Karine s'écrase lourdement sur mon visage, couvrant mon nez et ma bouche de sa vulve palpitante. Elle garde les deux mains appuyées contre la paroi de verre, ses cheveux mouillés dans les yeux, son visage couvert du jet d'eau.

Karine frissonne de longues secondes, livrée totalement à son orgasme, avant de rire de soulagement. Elle sort précipitamment de la douche pour que je ne voie pas ses larmes de plaisir.

Je jubile, mon plan fonctionne encore mieux que prévu. Je finis de me laver et avant de quitter la salle de bain, je me brosse les dents avec mon doigt pour atténuer cette impression que Karine habite mon haleine.

Je me rhabille alors que Karine se languit au lit. Si je ne devais pas absolument partir, j'aimerais rester pour la faire jouir encore. Je me suis un peu fait prendre à mon propre jeu, son corps est comme une drogue à laquelle on devient vite accro. J'en consommerais encore une bonne dose.

« Dis, Amélie. Je dois t'avouer que j'ai un amoureux… »

Sans blague !

« … mais ne pourrait-on pas se voir de temps à autre ? »

Je lève un sourcil. Il ne faut pas que ça ait l'air trop facile !

« Je ne sais pas… enfin, si tu y tiens vraiment, appelle-moi un de ces jours et on verra… » dis-je d'un ton faussement détaché.

Karine se retourne sur le ventre, les jambes relevées, et elle me sourit candidement. Le soleil illumine ses belles fesses et même si ses seins sont écrasés sur le lit, je discerne encore le cerne titanesque de ses aréoles.

« Euh… je pensais plus à une fois par semaine… Qu'en dis-tu ? Je pense que je ne pourrai plus jamais me passer de cela. C'est trop bon ! »

Je souris aussi. Juste à la regarder ainsi étendue nue, je ressens toutes sortes de palpitations. Je rampe à quatre pattes sur le matelas et je l'embrasse tendrement.

«Mon amoureux ne doit jamais apprendre que je le trompe avec une femme», me dit-elle entre deux baisers.

Ses seins ont recommencé à s'éveiller et je suce l'une de ses pointes.

«Il n'en saura rien. Fais-moi confiance!»

Le pique-nique

Les hommes pagayent devant nous, dans leur canot qu'ils ont surchargé de victuailles pour nous faciliter la tâche. La rivière est si paisible que nos coups de rame dans l'eau résonnent comme une intrusion dans la vallée. Quelques rochers crèvent la surface de l'eau ici et là, et nous manœuvrons pour les contourner.

J'occupe le siège avant de notre canot, celui des femmes, tandis que mon amie Régine pagaye à l'arrière. C'est la toute première fois que nous partons tous les quatre pour une telle aventure, puisque Régine et son mari ne sont pas de fervents amateurs de plein air. Pour eux, ce sera une première nuit à la belle étoile. Difficile à croire, non ?

En fait, pas tant que cela. Régine est née avec une cuillère en or dans la bouche. Issue d'un milieu huppé, elle a l'habitude du luxe, et elle considère qu'il faut être masochiste pour aimer le camping. Son mari, Justin, est beaucoup moins snob, même s'il calque ses comportements sur ceux de sa femme.

Nous les avons rencontrés lors d'une soirée de campagne de financement et depuis, nous nous fréquentons sporadiquement, comme si nous étions tous quatre conscients de nos styles de vie diamétralement opposés. Régine et Justin ont insisté pour nous accompagner dans cette expédition que nous menons habituellement seuls, car ils sentent eux aussi que notre amitié toute récente s'effrite déjà en raison de la rareté de nos intérêts communs.

Au tout début de la journée, contrairement aux prévisions de la météo, il a plu des cordes et nous sommes tous très sales, souillés de boue, maintenant que le soleil a séché nos vêtements.

Il ne subsiste plus un seul nuage dans le ciel et nous comptons profiter de notre arrêt pour la nuit pour faire un brin de toilette et nous débarrasser de cette croûte de vase séchée qui nous rend méconnaissables. Au grand dam de Régine, ce sera une douche naturelle !

Après une bifurcation qui nous conduit à la plus large portion de la rivière, les hommes pointent vers une crique où l'eau stagnante et peu profonde nous permettra de nous baigner en toute sécurité. Elle est surplombée d'un grand rocher plat, tel un promontoire qui s'avance dans l'eau, et sur lequel nous pourrons nous installer pour manger. Sous le couvert des arbres, une étendue de mousse et de terre meuble servira à planter notre tente.

J'essaie déjà d'envisager de quelle manière nous ferons notre toilette. Je prends conscience que cette activité pourtant banale me cause quelques inquiétudes. Par la seule teneur de ses propos, j'ai compris que Régine est une femme très prude qui opte d'emblée pour le maillot une pièce plutôt que le bikini, et qui refusera catégoriquement de se dévêtir devant une personne autre que son mari. J'anticipe donc certaines réticences à l'idée qu'elle doive se déshabiller devant moi pour se laver dans la rivière.

À l'instar des hommes, nous tirons notre canot sur une petite plage de sable, cernée de feuillus majestueux. À la blague, Justin palpe mon biceps avec une moue appréciatrice.

« Si le canot-camping façonne d'aussi beaux muscles, je suis partant chaque week-end », déclare-t-il sur un ton qu'il veut blagueur.

Je sais reconnaître une déclaration déguisée en blague. En toute modestie, je sais que Justin a un faible pour moi et je me plais à le cultiver. Je plie le bras et ses doigts accentuent leur pression sur la bosse dure de mon biceps.

Là où mes muscles sont entretenus par l'activité extérieure, les leurs fort admirables le sont tout autant au gym. Régine arbore fièrement de longues jambes musclées, sculptées aussi par le golf. Ses bras, quoique plus minces que les miens, présentent le joli spectacle d'une musculature ferme.

Si, tout comme moi, Régine porte un short de randonnée, un t-shirt et une veste sans manches, ses vêtements sont toutefois griffés. Ses grands pieds disparaissent dans des bottes à crampons. Elle porte aussi un chapeau à rebords, sous lequel elle a logé son abondante chevelure brune.

Quant à moi, je n'ai vraiment pas une tête à chapeau et je laisse donc en bataille mes cheveux coupés très courts pour l'aspect pratique de la chose. Malgré mes airs flagrants de garçon manqué, je demeure très féminine et l'intérêt manifeste que me porte Justin me réconforte en ce sens.

Les hommes portent seulement le t-shirt, pas de veste, et sont tous deux coiffés de casquettes. Gabriel, mon mari, concède plusieurs centimètres à Justin, tout comme moi pour Régine.

Ils retirent vite leurs t-shirts alourdis par la boue séchée et je compare rapidement leur anatomie. Gabriel arbore une musculature plus floue, développée par les activités sportives. Des épaules puissantes, sans la définition musculaire des culturistes. Son torse et son ventre sont pratiquement sans poils, alors que le corps très sculpté de Justin est assombri d'un duvet qui, ma foi, lui prête un air très viril.

Justin surprend mon regard appréciateur sur ses pectoraux et je détourne vivement les yeux, exactement ce qu'il ne faut pas faire dans de telles circonstances. Mon mari transporte notre matériel sur le rocher et il déballe deux pains de savon rose. Un pour chaque couple. Tout comme moi, il semble s'amuser de la situation, ce que ne manque pas de relever notre amie.

« Où est le Ritz-Carlton ? » demande Régine en provoquant notre fou rire.

Mon rire s'avère un peu moins franc, depuis que la vision du torse nu de Justin a insinué dans mon esprit plusieurs images érotiques.

Régine prend résolument l'un des deux pains de la main de mon mari et, à mon grand étonnement, elle commence aussitôt à se dévêtir. Elle commence en retirant ses bottes, puis suivent ses bas, sa veste, son t-shirt et, enfin, son short. Elle porte des sous-vêtements hors de prix, qui agrémentent sa silhouette fort enviable.

C'est la toute première fois que je la vois autant exposée. Je surprends le regard de mon mari, même s'il tente lui aussi de n'en laisser rien paraître. Il semble bien que nos amis provoquent chez nous des sentiments similaires et fort dérangeants !

Régine s'apprête à baisser sa culotte, comme ça, sans cette pudeur que je lui associais, quand elle nous surprend tous à l'observer. Elle rougit, ce qui tend à me confirmer qu'elle va à l'encontre de sa nature, justement pour nous démontrer sa témérité.

« Allez, Pénélope. Enlève tous ces vêtements crasseux et viens te laver avec moi. Ne me dis pas que tu es timide, tout de même… pas toi ! »

Les hommes s'éloignent prudemment de l'autre côté du rocher et je me dévêts à mon tour, tandis que Régine lance ses dessous sur la pile de vêtements sales.

J'avais déjà deviné qu'elle devait être du genre à s'épiler. Au complet. Elle n'a de poils que ses cils, ses sourcils et ses paupières. Et, bien entendu, ses épais cheveux. Elle a aussi une silhouette irréprochable. Ses seins paraissent encore plus lourds sur sa silhouette presque chétive, alors que ses fesses plates et minuscules peinaient quelques secondes plus tôt à remplir sa culotte.

Régine fréquente le salon de bronzage, si bien que sa peau est uniformément brune, même sur le dessus de ses pieds. Tandis qu'elle noue ses cheveux sur sa nuque, ses côtes saillent sous ses seins élégants, que je qualifierais d'aristocratiques s'ils affichaient un peu plus de fermeté.

Quant à moi, je suis plus courte et trapue que ma surprenante amie. J'ai une ossature robuste, en comparaison de la sienne plutôt frêle. Mon ventre est plus rond, mes seins encore moins fermes et certes plus modestes, mes muscles naturellement développés. Je dirais que son physique apparaît plus artificiel, entretenu à grands frais, ce qui n'empêche pas Régine d'être une femme superbe.

Cette dernière me précède dans l'eau très fraîche, qui fait automatiquement dresser mes mamelons. Je surveille ses petites fesses presque juvéniles disparaître dans l'eau alors que nous avançons dans le lac, jusqu'à ce que le miroir de l'eau nous ceinture la taille.

Le soleil réchauffe nos épaules, même si l'eau froide nous glace les orteils. Depuis l'autre côté du rocher, nous entendons nos hommes plus enhardis nager dans le lac.

Ils surgissent bientôt de notre côté, à peine trente mètres nous séparent. Je me sens comme un petit poisson à la merci des requins. Leurs rires voyagent à la surface de l'eau, seul son audible sauf quelques oiseaux qui jacassent depuis leur perchoir sur la cime des arbres.

« Regarde-les donc, ces vilains curieux, s'exclame Régine en indiquant les hommes qui font du surplace. Ils sont venus pour se rincer l'œil. »

Sous la surface, elle me prend la main et m'attire à elle. Nos orteils se touchent sous l'eau, j'imagine la blancheur des miens en contraste avec les siens très bruns. Régine me prend par le cou, ses seins pesants écrasent les miens.

« Que dirais-tu si nous leur en donnions pour leur argent ? »

Je frémis en raison de la fraîcheur de l'eau. C'est du moins ce que je veux croire.

« Qu'as-tu en tête ? » ai-je demandé en passant mon bras autour de sa taille.

Je peux sentir l'os de son bassin, et la douceur incroyable de sa peau fait passer la mienne pour du papier sablé. Elle se rapproche encore, son nez pointu touche mon oreille et dans ses yeux marron brille un éclat délinquant.

« Un spectacle qu'ils n'oublieront jamais ! » claironne-t-elle en riant.

Sans plus de préambule, Régine frotte le pain de savon entre ses mains, jusqu'à ce qu'une mousse abondante s'y forme et déborde sur ses poignets.

« Tourne-toi, je vais te savonner le dos. Ils vont tomber à la renverse ! »

Moi aussi, aurais-je pu ajouter. Ça ne cadre pas tout à fait avec l'image de sainte nitouche que je me faisais d'elle. J'essaie d'assimiler tout cela en affrontant nos deux hommes, tandis que Régine glisse ses mains savonneuses sur mon dos, puis sur mes épaules et mes bras. Elle masse un moment mes trapèzes, en pressant sa poitrine sur mon dos.

Les hommes se rapprochent suffisamment pour être en mesure de détailler ma poitrine. Satisfaite de l'effet produit, Régine se blottit plus étroitement dans mon dos et passe ses mains devant. Elle savonne longuement mes seins en les massant, avant que ses mains plongent sur mon ventre, puis sur ma vulve immergée dans l'eau. Régine n'y touche pas vraiment, mais ses manœuvres laissent croire aux hommes qu'elle me masturbe allègrement.

Ma poitrine a réagi fortement à ses mouvements savonneux. J'espère seulement qu'elle n'a pas remarqué qu'au contact de ses doigts, et surtout de ses ongles rapportés, mes mamelons se sont raidis un peu plus qu'ils ne l'étaient déjà par le contact de l'eau froide.

En essayant de cacher mon trouble, j'accepte le pain de savon et je répète son manège. Régine se laisse docilement frictionner. Puis, je soupèse ses seins lourds ; c'est la toute première fois que je touche à des seins autres que les miens ! Ses mamelons me font presque l'effet d'armes offensives entre mes doigts et je suis soulagée de constater qu'ils réagissent aussi au contact de mes mains.

Les hommes se sont encore rapprochés et ils ne rient plus du tout. Je laisse fureter ma main droite vers le bas mais contrairement à Régine, j'ose masser sa vulve épilée. Très brièvement, juste le temps de sentir le glissement doux de ses lèvres sur ma paume ouverte.

J'ignore le regard surpris qu'elle m'accorde et je lance le pain de savon aux hommes, qui sursautent quand ils sont éclaboussés par le projectile. Je plonge sous l'eau pour me rincer adéquatement et je décide de constater de visu ce que les petits jeux coquins commencés par Régine ont eu pour conséquence.

Je nage le ventre sur le sable, jusqu'à ce que j'aperçoive leurs jambes. Je reconnais le pénis de mon mari, aux testicules rasés, braqué sur son ventre. L'autre engin, celui de Justin, est significativement plus long, et il reste bien raide en suspension. Tout comme Régine, il est tout épilé sous la ceinture et je dois avouer que ça rend sa queue plus appétissante.

Presque au bout de mon souffle, je glisse un doigt taquin sur la longueur de leurs verges, avant d'émerger devant eux en lissant mes courts cheveux sur mon crâne. Aucun d'eux ne se retient de reluquer ouvertement mes seins rapetissés par le contact saisissant de l'eau. Et je ne fais rien pour me cacher. C'est même un moment que je savoure pleinement.

J'entends Régine qui s'approche en marchant. Ses seins se balancent au rythme de ses efforts pour avancer. Ils sont magnifiques, incroyablement érotiques. Elle baisse les yeux et elle aperçoit tout comme moi l'état surexcité de nos hommes sous la surface.

« Messieurs, au repos ! » s'exclame-t-elle en pouffant de rire.

✧

En sortant du lac, nous enfilons des vêtements secs avant de préparer le campement pour la nuit. Gabriel et moi dressons la tente, tandis que Justin et Régine partent à la recherche de bois sec pour le feu.

Gabriel et moi n'avons pas encore eu la chance de parler de ce qui s'est passé et avant qu'il aborde le sujet, je lui annonce que je vais prêter main-forte à notre couple d'amis parce que je n'ai pas envie de répondre à ses questions qui porteraient inévitablement sur Régine et moi. D'abord, parce que je ne connais pas les réponses et ensuite, parce que je ne suis pas certaine de vouloir les connaître.

Le soleil a considérablement chuté à l'horizon et le boisé est sombre, un peu lugubre. Je me dirige vers la partie que j'ai indiquée plus tôt au couple. Après une vingtaine de mètres sur le sentier, je perçois du mouvement à travers les branches.

Je me faufile en silence, mes pieds nus s'enfoncent dans la mousse verdâtre. Je découvre bel et bien ce que j'espérais trouver : Régine est adossée nue à un arbre, contre lequel la coince Justin, aussi dévêtu.

Il pose la main sur sa bouche pour étouffer ses gémissements. Elle a noué ses jambes sur ses reins et lui la pénètre avec un rythme langoureux. Je m'abrite derrière un arbre, captivée, tandis que le couple libère la tension sexuelle créée par notre petit jeu.

Un petit tas de bois gît à leurs pieds, près de leurs vêtements éparpillés. Chaque coup dessine les muscles fessiers de Justin, qui supporte une partie du poids de Régine dans ses bras.

Ses seins gigotent à chaque coup de butoir, son visage est transformé par ses grimaces de plaisir. Je parie que c'est la première fois qu'ils font l'amour en plein air, ai-je songé en observant les brindilles de bois collées à la plante de ses pieds.

Convaincue qu'ils ne rejetteront pas mon intrusion, je sors de ma cachette pour m'avancer vers eux. Les yeux clos, Régine ne me voit pas surgir de ma tanière, tandis que Justin me tourne le dos. Je viens me blottir contre lui, en caressant les mollets très lisses de Régine.

Elle ouvre les yeux et me sourit instantanément. Je l'embrasse par-dessus l'épaule musclée de Justin. Sa bouche est fraîche, et je capte sa langue entre mes lèvres pour la sucer. Justin joint sa bouche aux deux nôtres et bientôt, ma bouche est envahie par leurs deux langues réunies.

Je prends dans mes mains les fesses de Justin, lui imposant un rythme de pénétration selon les grognements de Régine. Je suce le creux des coudes de ma surprenante amie, ses biceps, sa nuque, et même ses lobes d'oreilles habituellement ornés de bijoux de valeur.

Quand elle jouit, Régine me communique l'énergie de son orgasme. Elle s'arc-boute contre l'arbre, les pieds à plat sur le tronc, les cheveux pris dans l'écorce. Elle répand son souffle chaud dans mon oreille et les flots de son extase circulent dans mes veines.

Nos gémissements s'accordent en crescendo. Front contre front, nous sommes au diapason, vibrant sur la même corde. Je ne jouis pas, mais je joins instinctivement mes réactions aux siennes, ce qui semble prolonger son orgasme violent.

Régine détend ses muscles, ses pieds retombent au sol, une mèche de cheveux barre son front. Justin se retire en douceur, comme s'il libérait un écrin de velours. Il est venu incognito, tandis que Régine et moi communiquions notre désir.

Justin se rhabille à la hâte, tandis que Régine utilise des mouvements plus alanguis et enfile même son chandail à l'envers ! En passant devant moi, elle pose sa main douce sur ma joue et me souffle un baiser, les yeux brillants. Je me rends compte que je ne connais pas vraiment cette femme.

✧

Après notre repas, nous conversons tranquillement autour du feu. Il fait encore chaud et les flammes dansent en crépitant. Ni Régine ni moi n'avons remis nos bottes, et mon amie masse mes pieds en expliquant les rudiments d'un bon pédicure.

Elle ne cesse de m'étonner, moi qui la croyais coincée à l'extrême. Gabriel ne la regarde plus de la même façon. Il y a dans ses yeux une sorte d'admiration. Je me demande si elle est due à sa poitrine magnifique, ou à son cran inouï d'avoir ainsi émoustillé les hommes.

Quant à moi, les images obscènes de son corps crispé contre l'arbre obsèdent mon esprit. Juste par les regards appuyés qu'elle me lance, je comprends que Régine songe aux mêmes moments et que son cœur doit battre aussi vite que le mien. Et puis, elle embrasse bien, très bien. Assez pour me tourmenter.

Alors que Justin et Gabriel bayent aux corneilles, j'éteins le feu et nous nous installons dans la tente que nous partageons. Nous dormons tous en sous-vêtements dans des sacs doubles. J'attends que tout le monde dorme, y compris Gabriel, avant de descendre la fermeture éclair de notre sac.

Je me hisse sur lui et je me frotte sur son pénis, qui ne tarde pas à se mettre au garde-à-vous. J'écarte ma culotte d'une main et je m'empale sur son pieu en étouffant un gémissement. Maintenant bien éveillé, Gabriel me tient les hanches alors que je guide la cadence, les pieds à plat sur le sol de la tente, mes mains appuyés sur ses pectoraux, mes seins ballotant dans le vide.

Régine est couchée sur le côté et elle a les yeux grands ouverts. Elle me regarde sans ciller. Je rive mes yeux aux siens et je force pour les maintenir ouverts au moment où je jouis en silence. J'ai l'impression qu'elle regarde mon âme.

Quand je descends de mon perchoir, elle se retourne simplement pour se rendormir, non sans m'avoir adressé un sourire de connivence.

✧

J'atteins les rives du lac aux aurores. Le matin est frais et l'eau est froide. Je m'avance jusqu'à la taille avant de plonger tête première. J'émerge quelques mètres plus loin en expulsant l'air de mes poumons. L'eau agit sur ma peau comme des milliers d'aiguilles.

Au loin, je vois s'ouvrir la porte de notre tente. Régine est déjà nue en marchant vers le lac. Elle enjambe mes sous-vêtements et s'avance aussi dans l'eau. Sa nudité est majestueuse dans la lumière du matin. Ses seins frileux se balancent sur son thorax, ses cheveux en désordre ajoutent à sa personnalité que je découvre avec étonnement.

Régine nage jusqu'à moi et me tourne autour presque sournoisement. Elle crache de l'eau froide et fait la planche, ses seins admirables flottant à la surface. Ses orteils pointent aussi hors de l'eau et j'ai une envie folle de les mordre !

« Tu m'as beaucoup surprise, ce week-end, lui dis-je en frissonnant.

– Ah oui ? Agréablement, j'espère.

– Absolument. Je te croyais très prude, très conservatrice. J'ai bien aimé découvrir ton libéralisme.

– Et ça ne fait que commencer, dit-elle mystérieusement.

– Ah ? » fais-je à mon tour.

Régine nage vers la rive, où elle escalade la butte de terre qui la mène au rocher plat. Elle lève les bras au ciel, sa nudité est empreinte de grâce, ses seins racoleurs offerts au soleil levant.

« Alors, qu'attends-tu, Pénélope ? Avant que nos hommes paresseux se lèvent, viens me faire un gros câlin ! »

Je nage vers elle, vers cette promesse d'amour au grand air. Quand j'atteins enfin le rocher, Régine y est déjà étendue, les jambes ouvertes et les joues rougies par l'excitation.

Le soleil sèche nos corps enlacés, tandis que nous faisons l'amour avec l'impatience que nous a imposée la nuit. Je suis une femme à hommes, mais je découvre avec bonheur la tendresse de l'amour au féminin.

Mon corps s'emboîte parfaitement dans celui de Régine. Nos bouches se complètent admirablement. Je fonds entre ses cuisses frêles, où sa chaleur intime tranche avec la fraîcheur de sa peau.

Je la lèche respectueusement, et elle joint ses mains aux miennes pour achever notre communion charnelle. Elle vibre fort, comme si un tremblement de terre se déroulait en elle.

Elle se retourne lentement sur le ventre, et je viens la brouter par-derrière, avant de m'étendre sur elle. Joue contre joue, nous regardons le soleil se tirer du sommeil. Sur la gauche, nos hommes sortent de la tente, nus comme des vers.

Quand ils nous aperçoivent, ils ne se dévisagent qu'une seconde ou deux avant de nager vers nous. Mon sexe fuit sur la fesse de Régine, puisqu'elle ne cesse de se frotter sur moi.

«Que dirais-tu de rester ici un ou deux jours de plus? suggère Régine.

– Je dis que je suis d'accord.

– Et que dirais-tu que je fasse l'amour avec ton mari?»

Je ris.

«Que je tiens à en faire partie!»

L'encan

« Lorsqu'on annoncera votre prénom, vous avancerez sur le podium. Souriez, messieurs. Et décoincez-vous un peu. La réussite de notre campagne de financement dépend largement de vous », explique la vieille dame aux cheveux blancs en tapotant la joue de mon voisin.

Je ne suis pas nerveux, peut-être juste un peu mal à l'aise. En me portant volontaire pour être mis à l'encan, je n'avais pas songé que ça pourrait être à ce point intimidant. Mais c'est pour une bonne cause, les enfants qui ont faim dans le monde, et je ne vois pas en quoi une petite soirée peinarde passée avec une gentille vieille dame à manger des biscuits au beurre et à boire du thé amer va me tuer !

La salle est effectivement bondée de septuagénaires fortunées qui fantasmeront à s'offrir la compagnie d'un homme séduisant pour une soirée certes ennuyeuse, mais qui permettra à des dizaines d'enfants de manger à leur faim.

Les trois premiers candidats ont été « achetés » par des retraitées qui ont accepté de verser 500 $ pour leur tenir la main. C'est maintenant à mon tour de parader en smoking. Plusieurs palettes de bois se lèvent dans la salle alors que la présentatrice décline mon identité et que les enchères débutent.

«Nous avons 500$ pour Kevin, ce jeune homme fort séduisant... 550$ maintenant au fond de la salle... 575$ ici devant!»

Je souris bêtement, ne sachant trop que faire d'autre.

«600$ au centre... Ai-je 625$? 625$ quelqu'un?»

Les palettes se sont baissées. Je vais visiblement être remporté par une femme aux cheveux poivre et sel.

«625$ une fois, 625$ deux fois, 625$ trois...

– Mille dollars!» scande calmement une voix du fond de la salle surchauffée.

Plusieurs murmures parcourent l'assistance en émoi. Une toute jeune femme s'avance dans l'allée centrale et remet à la présentatrice dix billets de 100$.

«Sacré veinard!» me lance l'un des autres volontaires à l'encan, en lorgnant l'acheteuse qui ne doit pas avoir plus de vingt-cinq ans.

Après avoir payé, elle me prend par la main et me conduit tout droit vers la sortie. Tout en attendant un taxi, elle me regarde avec ses yeux d'un bleu délavé. Sa bouche est attrayante, à la limite de la gourmandise, et un grain de beauté en agrémente le coin droit. Sérieuse, avare de sourires, elle laisse présager une grande timidité. On prend souvent les grands timides pour des bourrus.

Son nez retroussé lui prête un air mignon, tandis que ses cheveux châtain clair, coiffés en queue de cheval, dégagent l'ovale harmonieux de son visage. Le taxi arrive et elle monte la première.

Son jean brodé sur les cuisses et aux jambes en trompette découpe sa silhouette fine. Elle est mince comme un fil, avec des fesses très menues. Elle porte des bottes à talons qui nous font nous méprendre sur sa petite taille.

«Je m'appelle Jennifer», dit-elle en me tendant la main.

Des doigts courts, des ongles longs.

« Et moi, Kevin. Où allons-nous ?

– Chez moi », répond-elle brièvement en regardant droit devant elle.

Alors que pour la plupart des volontaires, cet encan ne constitue qu'un jeu destiné à se terminer par un souper assommant, je commence à comprendre que Jennifer m'a acheté dans un tout autre but.

✧

Jennifer habite un appartement en ville, au quinzième étage d'un édifice qui en compte vingt. La taxi nous y dépose et elle règle la note avec le même stoïcisme que précédemment.

Une fois chez elle, Jennifer m'invite à m'asseoir dans un divan aussi énorme que confortable. Elle retire son veston de cuir qu'elle suspend à une chaise.

« Je te sers quelque chose à boire ?

– Euh... une bière, ce serait bien. »

Elle revient avec une Heineken et une coupe de vin rouge.

« Je te reviens tout de suite. »

Je bois tranquillement ma bière, ne sachant pas où tout cela va me mener. Cette incertitude s'estompe quand Jennifer revient au salon, vêtue seulement d'un court peignoir marine.

Elle s'assoit avec moi, en posant ses pieds nus sur la table à café. Ses jambes sont minces comme des bâtons. Ses mollets font à peine la circonférence de mes avant-bras. Elle a de jolis pieds, par contre. Des orteils très droits, bien dessinés, aux ongles parfaitement entretenus.

Je ne pourrais jamais être excité par une fille dont les pieds ne m'attirent pas. Je sais que c'est idiot, mais c'est plus fort que moi. J'ai déjà eu des blocages par le passé.

Sur sa cheville droite, une veine court jusque sur le dessus de son pied, en relief sur sa peau pâle. Le peignoir de coton révèle sans réserve l'empreinte asymétrique de sa poitrine.

Que dois-je faire maintenant ? Est-ce que je comprends bien le signal ? Pourquoi les femmes ne s'expriment-elles pas plus clairement ?

« J'ai sorti une serviette pour toi dans la salle de bain », me dit Jennifer, ce qui coupe court à mes jérémiades intérieures.

Elle reste au salon tandis que je me douche. Je n'ai même pas de condom, je n'avais pas prévu un tel dénouement.

Je noue une serviette sur mes hanches et je reviens au salon avec l'intention de terminer ma bière. Mais Jennifer en a décidé autrement. Elle a mis un CD langoureux et elle m'attend debout au milieu du salon. Elle retire son peignoir et me toise, nue à l'exception d'une culotte blanche.

Ses seins jaloux s'ignorent l'un l'autre, en quête d'indépendance. Personnellement, je préfère les femmes plus enrobées, alors que Jennifer est presque maigre. Elle m'accueille dans ses bras et nous dansons lentement, sans hâte ni maladresse. Je sens sous mes doigts les reliefs de ses côtes.

« Je veux que tu gardes ta serviette… Montre-moi ce que tu sais faire sans ta queue », murmure-t-elle à mon oreille avant de s'étendre sur le divan.

Mon cœur bat à tout rompre. Même si elle n'est pas du tout mon genre, Jennifer est très sensuelle, presque féline. Et le défi qu'elle vient de me lancer en est un de taille.

Je viens au-dessus d'elle, je soude ma bouche à la sienne et elle pose ses mains toutes douces sur mes flancs. Je goûte le vin sur sa langue. Elle garde les yeux ouverts, j'ai l'impression de plonger en pleine mer. Elle noue ses jambes frêles, comme des bâtons de bois, sur mes reins tandis que je tète ses seins excités.

Je fuis sur ses jambes, puis sur ses pieds adorables. Je pose mes lèvres sur la veine de sa cheville droite. Je découvre l'arôme fruité de sa peau. Jennifer remue ses orteils quand je les embrasse, du plus gros au plus petit.

Je tiens son talon d'une main, le creux de son genou dans l'autre. J'ai bien l'intention de lui en donner pour son argent. Elle commence à gémir lorsque j'enfouis ma langue dans le creux de son genou. Sa peau y est moite, très chaude, et je grignote encore la veine boursouflée qui se transforme en varice prématurée sur son mollet.

Entre ses cuisses, j'aperçois le dessin attirant de sa vulve contre la culotte. Le coton est déjà mouillé. Je remonte pour la sentir, pour boire à sa fontaine. Elle est si mouillée que je peux en soutirer l'humidité.

J'empoigne l'élastique étiré sur son ventre et je tire ; la bande de coton contient l'amas emprisonné de ses lèvres. Je lèche abondamment ce petit paquet de chair excitée. Je tire toujours plus fort sur l'élastique et la bande arrière de son string disparaît entre ses fesses plates.

Jennifer goûte bon. Je veux dire qu'elle présente une saveur distinctive, surprenante, dont la force happe mes sens. Elle est exquise, fabuleuse, et je m'en mets plein la figure. Son excitation sèche sur mon visage, comme une couche transparente de maquillage.

Ses seins menus, aux aréoles roses et disproportionnées, sont aussi pointus que des pics montagneux. Enfin, de toutes petites montagnes.

J'adore manipuler une culotte mouillée, la faire glisser sur de belles grosses lèvres, dans la crevasse des fesses, l'étirer presque à la déchirer. J'aime surtout surveiller les réactions, les yeux suppliants pour que j'enlève cet obstacle indésirable.

Ma langue enveloppée de la culotte pénètre sa grotte hantée par son odeur. Je me régale de ses saveurs, encore incrédule du tournant qu'a pris cette soirée. Et moi qui croyais m'ennuyer en tenant platoniquement compagnie à une gentille vieille dame.

Je la bois à travers sa culotte, comme s'il s'agissait d'un filtre à café, et Jennifer récompense mes efforts en plantant violemment ses talons dans les coussins. Elle joue aussi avec le bout de ses seins, en roulant ses pointes entre ses doigts humectés de salive. Elle râle de plaisir tandis que je frotte l'entrejambe de son sous-vêtement sur les lèvres baveuses de son sexe.

Avec ses mains tremblantes, elle tente d'enlever sa culotte, mais je bloque son mouvement. Elle baisse ses yeux hagards sur moi, elle a tout perdu de son air sévère. Je lis plutôt sur son visage la détresse de jouir.

Je tire donc sur sa culotte, en léchant au passage sa jambe et son pied. Ses lèvres mouillées sont chaudes quand je les embrasse et son vagin exhale un souffle brûlant, celui de sa passion, que je recueille dans ma bouche en soudant les miennes aux siennes vaginales.

Je continue de la lécher, tant en périphérie de sa vulve qu'à l'intérieur, où je tourne ma langue comme une foreuse minière. Jennifer passe de l'état crispé, tendu, au relâchement complet. Elle sue aussi abondamment, sa peau adhérant au cuir du divan, et je glisse mes mains baladeuses sur sa peau moite.

Jennifer pivote sur les genoux, le postérieur relevé, et je reprends ma dégustation de son intimité. Je lèche de bas en haut, du clitoris au creux de ses reins, faisant exprès pour survoler très légèrement son anus. Elle s'affale à plat ventre, sur le point de jouir, et j'enfourche son dos pour l'achever. Mon nez la pénètre, ma langue aussi, et mon menton mouillé d'elle masse son anus sensible.

Mon acheteuse jouit ainsi étendue, en rugissant d'abord comme un fauve, avant que sa voix s'éteigne pour devenir un simple sifflement aigu. Épuisé après lui avoir fait l'amour oral durant plus de deux heures, je m'assois par terre, la bouche encore pleine d'elle. Elle a mis longtemps à flancher, je la soupçonne même d'avoir retardé sciemment son orgasme pour profiter du moment le plus longtemps possible.

J'ai mal à la mâchoire après toutes ces délicates manœuvres. Également vaincue, elle me chatouille la nuque avec ses orteils. Son dos est luisant de transpiration, son entrejambe n'est plus qu'un étang de plaisir et de désir où je replongerais volontiers après vingt-quatre heures de repos !

« Félicitations, Kevin ! Tu as passé le test avec brio, dit Jennifer après un long soupir.

– Quel test ? »

Elle me fait un clin d'œil et s'assoit aussi. Avec ses doigts, elle essuie autour de ma bouche l'excédent de ce qu'elle y a déposé. Jennifer s'étire ensuite et remet sa culotte détrempée. Ses seins portent les marques des coutures du divan. Ses yeux ont repris un peu de leur aplomb.

Jennifer enfile ensuite son peignoir, qu'elle noue sur son ventre. J'admire encore ses orteils entre lesquels sont emprisonnées quelques fibres du tapis.

« Tu dois savoir que je magasinais pour une autre, ce soir. Et cette autre est tout particulièrement exigeantc. Je devais donc m'assurer que tu pouvais offrir un minimum de performance. »

Un minimum ?!

« Bonne chance, Kevin », me dit-elle finalement en disparaissant dans une autre pièce.

Une autre femme la remplace bientôt. Elle est aussi mince comme un fil, mais aux cheveux grisonnants. Je reconnais les yeux bleus, les seins asymétriques sous le peignoir. La peau de ses jambes est rousselée, ses orteils accusent plusieurs années de marche.

« Bonsoir. Je m'appelle Carole, la mère de Jennifer », m'annonce-t-elle en retirant son peignoir.

C'est la toute première fois que je vois une sexagénaire nue et je dois dire qu'elle n'est pas mal du tout. Surtout, je dois admettre que j'ignorais que le repas comportait deux services !

Le calendrier

Je me guide presque à tâtons dans la cour très obscure. Le disque pâle de la lune disparaît par intermittence derrière une nappe de nuages. Une faible brise fait chanter les feuilles dans les arbres, tel un murmure continu.

Je m'efforce d'être discrète, car un voisin inquiet aurait tôt fait de signaler un rôdeur à la police. J'ai garé ma voiture dans une autre rue, pour assurer mon anonymat.

Tel que prévu, la porte de communication du garage est déverrouillée. Dès que j'y mets le pied, je bute sur quelque chose qui me blesse au tibia: une tondeuse qui sent le gazon fraîchement coupé.

En claudiquant légèrement, je réussis à atteindre la porte qui conduit à la maison sans frapper d'autres obstacles. Je vérifie sur le petit clavier illuminé que le système d'alarme est bel et bien désactivé, avant de pénétrer dans la maison supposément déserte.

La noirceur est totale, hormis le reflet oblique de la lune sur le plancher de bois. Mes instructions sont strictes: je ne dois allumer aucune lumière et gagner l'étage sans tarder. Je ne suis pas en retard sur mon horaire, mais rien ne me dit si les autres n'auront pas quelques minutes d'avance.

Ils ne doivent en aucun cas soupçonner ma présence. J'ai même omis de me parfumer afin d'éviter d'être repérée. Avant de gravir l'escalier, je prends soin de retirer mes souliers. Mes pieds nus provoquent un bruit de succion sur les marches de bois verni.

La chambre des maîtres se trouve à gauche, soit en façade de la maison. La grande penderie, jonchée de vêtements, m'abritera pour les deux prochaines heures. Je ferme à moitié la porte coulissante et je m'installe confortablement en m'asseyant sur un amoncellement de vêtements. La fenêtre, une sorte de petit hublot carrelé, est ouverte et laisse entrer un faible courant d'air.

Sur l'une des tables de nuit, je distingue très nettement les chiffres rouges fluorescents du cadran: 22 h 05. Une photographie encadrée du couple côtoie l'appareil en plus d'une lampe antique.

Ils sont donc en retard. Juste cinq minutes. L'attente est une torture. Plus d'une fois, j'ai le réflexe de m'en aller, mais je réussis à patienter en me remémorant ma promesse.

Un mois auparavant, mon amie Judith m'a demandé de les observer, elle et son mari, en train de faire l'amour. Elle a imaginé ce scénario où je me cache dans la penderie, à l'insu de son mari, pour jouer la voyeuse. Au terme de leurs ébats, je dois attendre qu'elle entraîne son partenaire sous la douche pour m'enfuir. Judith prétend que son mari figera s'il s'aperçoit de ma présence.

J'ai d'abord refusé, avant de plier devant ses supplications. Nous avons convenu d'une date précise, c'est-à-dire ce soir, pour mettre le plan à exécution. Les deux tourtereaux soupent au restaurant et durant le dessert, Judith doit faire une proposition indécente que son mari ne pourra refuser.

Les chiffres du cadran égrènent un heure avant que j'entende enfin une voiture approcher. Elle s'immobilise dans l'entrée, juste sous le hublot. Le moteur s'éteint, deux portières claquent.

Je reconnais la voix féminine, le claquement de ses talons sur l'asphalte, le tintement des clés. La porte s'ouvre au rez-de-chaussée. Je perçois des éclats de voix, celle haut perchée de mon amie, altérée par l'alcool.

L'escalier craque, ils montent. Ils pénétreront dans la chambre dans quelques petites secondes. Le silence revient, oppressant, sans que rien se produise. Mais qu'est-ce qu'ils fabriquent ? Je tends l'oreille, écoutant de toutes mes forces. Hormis le cliquetis du moteur de la voiture qui refroidit, le silence est total, assourdissant.

Intriguée et impatiente, je sors de ma cachette. J'ouvre tout doucement la porte coulissante, prête à bondir dans un coin s'ils débarquaient dans la chambre. Mais le couloir est désert. Pas une âme en vue.

J'atteins le palier en m'orientant du mieux que je peux dans la noirceur, jusqu'à ce qu'une éclaircie dans le ciel nocturne laisse libre passage au halo de la lune.

C'est à ce moment que je les vois. Ils se sont arrêtés dans le séjour qui surplombe le garage, à mi-chemin entre l'étage et le rez-de-chaussée. Lui me tourne le dos, son pantalon descendu autour des mollets, ses fesses bombées bien apparentes au clair de lune.

Judith est agenouillée devant lui. Elle n'a retiré que ses souliers et elle le pompe furieusement dans sa bouche. Je n'ai d'autre cachette que le coin du mur, peut-être a-t-elle imaginé ce changement au programme pour ajouter une touche d'imprévu.

Tandis qu'elle le suce avec un enthousiasme indéfectible, il retire son chandail et je contemple les muscles parfaits de ses épaules. Son dos est lisse, bien sculpté, et un premier doute fait tranquillement son chemin.

Il prend Judith par les épaules et l'attire à lui. Leur baiser est fougueux, teinté par l'impatience de passer à autre chose. Il se débarrasse de son pantalon et de son sous-vêtement.

Ses jambes sont bien galbées, très agréables à regarder, et quand il se déplace pour déshabiller Judith, je réprime des applaudissements en découvrant sa queue très longue et mince, prête pour le combat. Le genre d'organe qui pourrait enfiler deux partenaires bout à bout !

Je n'ai pas besoin de voir son visage pour en déduire qu'il ne s'agit pas du mari de Judith. Christian est effectivement grassouillet, tout comme sa femme, et il n'affiche donc pas la forme physique exemplaire de son partenaire présent, qui est plutôt du style pompier.

Je me rappelle également d'une blague de Judith sur les proportions modestes du pénis de son mari. L'homme qui s'installe avec elle sur le divan n'a absolument rien de modeste, vous pouvez me croire !

Le mystérieux inconnu s'allonge sur les coussins tandis que Judith s'étend sur lui, en prenant soin d'allumer la lampe de table au passage. J'y vois là un désir évident de bien s'exposer à ma vue. Et puis, si j'avais la chance de baiser avec un tel adonis, je braquerais certainement un projecteur sur son physique sans faille !

Sauf que je ne comprends pas ce que cet homme, dont Judith enfourche maintenant le visage, peut bien fabriquer ici. S'agit-il de son amant régulier ? Et si oui, depuis combien de temps trompe-t-elle son mari ?

Surtout, je ne comprends pas pourquoi elle a tenu à ce que je la voie en action avec ce beau mâle, ni pourquoi elle m'a menti sur l'identité de son partenaire. Partagée entre l'excitation et l'indignation, je succombe à la première, car nul doute que la scène torride qui s'offre à moi est très affriolante et que la vue du corps nu et dodu de mon amie superposé à celui de son éphèbe tout à fait mangeable, dans une position qui leur permet d'échanger de profondes caresses orales, suffit à repousser au loin mon chapelet de questions.

Judith et moi avons eu plus que notre part de conversations sur le sexe et je sais qu'elle se montre très osée au lit, qu'elle n'a pas de tabous et qu'elle aime bien repousser les limites.

Je ne suis donc pas surprise de la voir se concentrer sur les testicules et l'anus de son amant, en léchant et en suçant, puis en introduisant son index dans son rectum. Chaque fois qu'elle pousse son doigt jusqu'à la jointure, le pénis de son apollon semble se raidir un peu plus.

Il se lamente en léchant la chatte tout récemment épilée au laser de mon amie. Tétanisée par les cabrioles savantes de cette nouvelle langue, Judith remue ses fesses fort généreuses sur son beau visage, en redoublant ses attentions sur ses bourses, comme en signe de gratitude.

Toujours en enfourchant son index dans son rectum, elle accueille sa queue vertigineuse dans sa bouche. Malgré tous ses efforts, elle ne parvient qu'à en avaler une petite moitié. Elle ceinture la base dans sa main libre, l'autre étant occupée à le sodomiser et à brasser ses testicules.

Ils agissent tous deux avec une sorte de rage, une frénésie maladive, comme si chacun voulait prouver à l'autre sa supériorité à faire jouir. Le visage de son bel amant est enfoui complètement dans l'intimité chaleureuse de Judith, dans ses replis fraîchement dégarnis. Je surprends une ou deux fois sa langue se promener sur le cul de mon amie, avant de revenir s'agiter sur ses lèvres tendres.

Car il lèche tout, de haut en bas et de bas en haut. Tel un pinceau, sa langue badigeonne allègrement mon amie de salive. J'exagère à peine en disant que ça lui dégouline sur les cuisses.

Après de longues minutes de cette double dégustation gargantuesque, il force Judith à changer de position et à s'agenouiller sur un coussin. Il utilise ses mains pour écarter ses fesses et je vois, comme lui, le dessin mouillé et compliqué de sa vulve, surplombé par le trou plissé de son rectum.

Il reprend sa dégustation là où il l'a laissée, en s'aidant aussi de ses doigts pour agacer l'orée de son vagin. La pauvre

Judith se tord d'impatience tandis que lui continue d'élargir son ouverture en roulant sa langue sur ses lèvres.

Ses gros seins malléables pendent dans le vide, touchent presque au coussin, et présentent un réseau enchevêtré de veines bleues. Ses aréoles déjà larges dans une position normale frôlent la démagogie en apesanteur.

Comme s'il m'avait entendue, l'amant spectaculaire de Judith étire le bras pour lui pincer les mamelons, ce qui soutire à mon amie quelques plaintes sensibles. Puis, tandis qu'il la mange avec une fièvre peu commune chez les hommes, généralement plus prompts à se tremper l'engin, il se met à caresser les dunes multiples de son ventre avec un attendrissement évident.

Si Judith accuse aisément une vingtaine de kilos superflus, elle n'a jamais endossé le rôle de victime. Ce n'est pas un cliché d'affirmer qu'elle est bien dans sa peau, elle le vit réellement. Elle accepte son excédent de poids avec humour et son attitude ne la rend que plus belle encore.

Je ne suis donc nullement surprise, peut-être même jalouse, de la voir débarquer avec ce surhomme. Son physique replet, et dois-je admettre ingrat, ne prend nullement ombrage des formes parfaites de son prétendant. Ils forment au contraire une belle harmonie, une sorte d'équilibre attendrissant, une symbiose qui se communique dans l'ardeur de leurs caresses.

Je surveille l'amant de mon amie lui lécher goulûment les fesses, les mordre à pleines dents pour y laisser ses empreintes, autant de marques rouges sur sa peau blanche et dodue.

C'est un peu étrange, incongru, de voir son amie dans cette position fort révélatrice de son intimité, de l'écouter se lamenter de plaisir comme un animal blessé, les fesses ainsi relevées, la langue étonnamment longue de son soupirant voyageant sans relâche de son cul à sa vulve, en balisant son trajet d'un ruisseau de salive.

Subjuguée par ce moment érotique, je déboutonne mon short pour me permettre de glisser une main dans ma culotte. Mes replis sont mouillés, très excités, et je me demande pendant un moment l'effet que produirait sa langue ratoureuse sur mon anatomie féminine.

Car juste à entendre les râles de Judith, juste à voir ses fesses frémir de plaisir, je comprends qu'il sait s'y prendre, que la vulve d'une femme n'a pour lui aucun secret et qu'il les aime charnues et juteuses, expressives et baveuses.

Après ce qui m'a paru une éternité à la manger, l'adonis s'installe derrière elle pour l'enfiler. Entre ses cuisses musclées, je vois ses testicules battre ensemble. Les muscles de ses fesses triment dur à chaque coup de bassin qu'il administre à mon amie. Son ventre plat, dessiné de ses muscles abdominaux, claque sur les fesses abondantes de Judith, dont les seins brassent mollement l'air humide et imprégné de leurs ardeurs.

Ses gémissements sont secoués par la vigueur combative de son amant, qui tient ses hanches rondes si fermement qu'il y laisse des traces de doigt. Il peut ainsi mieux l'enfoncer. On croirait qu'il lui inflige une punition, que ses coups brutaux n'ont d'autre but que de la réprimander pour ses excès.

Sauf qu'elle adore. Ses gémissements se sont transformés en piaillements. Je ne vois pas son visage, mais je devine ses traits perdus, sa bouche crispée, ses sourcils froncés, le filet de sueur tapissant son front déterminé.

J'insère un doigt dans mon vagin, puis deux, en m'efforçant de rester silencieuse, ce qui s'avère plutôt contraignant. Je me force à garder les yeux ouverts, à les surveiller jusqu'à ce qu'ils explosent, à observer leurs gabarits opposés s'unir aussi violemment.

Tel un ressort, la queue de l'adonis jaillit du vagin de mon amie. Elle s'empresse de la lécher, de la sucer et de la bécoter afin de récolter les fruits de leurs efforts.

Il s'assoit ensuite dans la bergère. Il est en sueur, et cette couche brillante de transpiration sur ses muscles en accroît encore la beauté et la netteté. C'est une bête magnifique, un pur-sang fringant que Judith s'apprête à monter en posant les pieds sur les accoudoirs de la bergère. Très lentement, comme un image que l'on fait défiler au ralenti, elle s'assoit sur sa queue levée.

Judith s'empale sur sa turgescence, en sifflant entre ses dents. Elle l'enlace par le cou et lui se nourrit de ses seins opulents aux aréoles étendues, aussi pâles que répandues.

Ils se fixent dans les yeux en accordant leur rythme, jusqu'à l'explosion finale ponctuée de leurs cris larmoyants, jusqu'à ce que leurs mouvements synchronisés meurent dans l'immobilisme.

Quand Judith descend de selle, il s'échappe de son vagin une partie de la jouissance qu'elle a récoltée. Elle s'agenouille pour lécher les gouttes tièdes disséminées sur sa cuisse, sur son ventre ondulé de muscles, avant de lécher sa queue poisseuse de leur mélange.

Lorsque Judith se relève, je me sens prise au piège. Je m'en vais dans la salle de bain, avant de constater que ce n'était pas le choix le plus judicieux. Quelques instants plus tard, Judith entre dans la pièce. Elle ferme ensuite la porte derrière laquelle je suis camouflée et elle allume la lumière.

Mon amie est trop surprise pour crier. Elle porte la main à sa poitrine, sur ce large espace qui sépare ses seins très écartés.

« Nathalie ! Tu m'as fait tellement peur ! »

Elle louche vers le séjour, même si la porte fermée l'empêche de voir quoi que ce soit.

« Qu'est-ce que tu fais ici ?

– On avait un plan, tu te rappelles ? Tu m'avais demandé une faveur… tu voulais que je vous observe en train de faire l'amour, toi et Christian. »

Elle rougit. Elle ne fait rien pour cacher ses gros seins couverts de transpiration.

« Je me souviens très bien de tout cela, Nathalie ! Mais cette faveur, c'était pour demain. Je t'avais bien dit le 17 juin, non ?

– Mais nous sommes le 17 juin ! »

Judith pose une main moite sur mon épaule. Si elle a remarqué que mon short est encore détaché, elle n'en laisse rien paraître.

« Nathalie... aujourd'hui, c'est le 16. »

Je soutiens un instant son regard. J'ai pourtant bien vérifié sur le calendrier de la cuisine...

« Oh merde ! Je me suis fiée au calendrier de l'an dernier », ai-je balbutié en rougissant à mon tour.

Loin de s'en formaliser, Judith me tourne le dos pour rincer sa bouche. Ainsi penchée au-dessus de l'évier, j'observe de très près les marques rouges sur ses fesses, où les doigts de son amant l'ont serrée, ainsi que les détails uniques de sa vulve épilée.

La porte s'ouvre et son amant pénètre dans la pièce, précédé de son pénis à demi ramolli. Il ne bronche pas en me découvrant là avec son amante, pour qui je me réserve bien des questions. De près, il est encore plus imposant, intimidant, diablement sensuel.

Judith me regarde, puis ses yeux passent à son amant. Lui sourit, nullement gêné de s'exhiber à tout vent. Il est superbe.

« Nous serons le 17 dans quelques minutes, Nathalie. Pourquoi ne restes-tu pas avec nous ? »

L'amant de Judith pose une main sur ma hanche, son pénis reprend de la vigueur et je me sens fondre à son contact.

« Pourquoi pas, après tout ? »

À l'affiche

Des mouettes virevoltent au-dessus de l'océan très calme. Quelques-unes plongent en kamikaze et remontent avec un poisson coincé dans leur bec. Leurs cris perçants ainsi que le ressac de la mer jouent une musique de vacances insurpassable.

Sur les terrasses ensoleillées des cafés et des bistros, où les parasols déployés annoncent différentes marques de bière, les gens mangent des grillades et des fruits de mer en profitant du panorama idyllique qui leur est ainsi servi.

Je marche sur la voie piétonnière, aussi fréquentée par les patineurs à roues alignées et quelques cyclistes. Des parents guident leurs enfants aux visages barbouillés de crème glacée à travers la marée humaine qui profite de ce début de soirée en Virginie.

À quelques intersections de l'hôtel où je loge, une grande scène extérieure a été aménagée pour la tenue de spectacles variés. Ce soir, les instruments de musique ont été remplacés par un écran géant qui servira à la projection d'un film.

Il ne reste que très peu de places assises, en majorité dans la toute dernière rangée, et je choisis une chaise en bout d'allée pour avoir la liberté de m'éclipser si le film n'est pas à hauteur de ses prétentions.

Bientôt, toutes les chaises trouvent preneurs, surtout des familles de quatre, mais aussi quelques couples. Les personnes seules comme moi sont plutôt rares. Lorsque se pointe le crépuscule, on commence la projection. Au moment où l'écran s'anime des premières images, une femme s'approche à ma droite et se hisse sur le bout de ses orteils, visiblement à la recherche d'une rare place vacante.

Son mouvement tend les muscles fermes de ses mollets bruns, révélés par la longue fente de sa jupe de coton ivoire, brodée de fils rouges et dorés. Le bustier du même tissu dénude son ventre dont le renflement aussi léger qu'adorable déborde sur sa jupe.

Sa chevelure châtain est retenue sur sa tête par quelques pinces de plastique. Ses oreilles sont alourdies de bijoux tribaux qui se marient bien à ses vêtements. Elle porte aux pieds des mules à talons, qui accordent quelques centimètres de plus à sa taille moyenne.

Sur sa joue pend une mèche de cheveux qu'elle a fait enrouler de fils par ces étudiantes qui officient dans la rue. Elle ne porte pas de maquillage, si ce n'est le filet luisant de transpiration qui couvre sa peau.

Je ne l'ai pas ainsi détaillée pour ensuite l'ignorer. Dans une ville où les familles sont à l'honneur, je n'ai pas l'intention de laisser partir la première célibataire que je croise. Surtout pas lorsqu'elle est aussi ravissante. D'ailleurs, je crois bien qu'elle a remarqué que je la regardais.

Je choisis de m'adresser à elle en anglais. Ses yeux très verts se tournent résolument vers moi quand je l'interpelle.

« Si vous cherchez une place, je vous offre la mienne », dis-je en dépliant mes jambes.

En souriant, elle pose la main sur mon épaule. Une toute petite menotte, brune comme le reste de son corps, dont deux doigts sont ornés de jolies bagues argentées.

Ses dents sont aussi blanches que la neige. Le bustier, noué dans son dos, supporte une poitrine opulente. La brise de mer transporte les effluves de sa crème hydratante.

« Restez là, s'il vous plaît. Je peux très bien regarder le film debout. »

Les petites pattes-d'oie autour de ses yeux attestent la petite trentaine. Il y a aussi quelques rides pâles sur la peau brune autour de sa bouche et je devine là les marques de ses fréquents sourires.

Elle laisse sa main sur mon épaule durant quelques secondes. Ses yeux ont la même teinte magique que la surface miroitante de l'océan. Je décide qu'ils sont un peu bridés et cette touche exotique ajoute à sa personnalité sulfureuse.

Malgré sa réponse, elle semble considérer ses options. J'essaie de ne pas trop la détailler, même si ce n'est pas l'envie qui me manque.

« Mais si ça ne vous importune pas, j'occuperais bien l'un de vos genoux.

– Vous pouvez même prendre les deux, si ça vous chante. »

Elle rit de mon trait d'humour et s'assoit lentement sur mes cuisses. Elle est légère comme une plume et je sens aussitôt la chaleur de ses fesses sur mes cuisses nues.

Sa jupe artisanale recouvre ses jambes. Elle croise les mains sur ses genoux et reporte son attention sur le film. Je m'en veux de ne pas trouver les mots, mais le contact de son fessier bien rond sur mes cuisses serviables m'insuffle une érection de tous les diables.

Les gens nous sourient, nous prennent pour un jeune couple d'amoureux. C'est elle qui se retourne. A-t-elle noté l'éveil de mon organisme ? La sueur perle sur mon front.

« Ça va ? Avez-vous trop chaud ? »

Comme un esquimau en équateur. Mais pas question que je le lui avoue !

« Ça va très bien. »

Elle me jauge un moment. J'ai l'impression qu'elle fouille mon cerveau. Un joli collier de coquillages est suspendu à son cou. Au bout de quelques secondes, elle se réinstalle en ajustant sa jupe, si bien qu'elle assoit directement ses cuisses nues sur les miennes.

Je suis presque convaincu qu'elle porte un string, et ce constat me trouble au plus haut point. Séduits par notre idée, plusieurs autres couples se sont aussi installés à deux par chaise, mais je doute fort que mes homologues reçoivent le même traitement que moi !

Le film entre dans une phase plutôt comique et à chacun des éclats de rire de ma compagne, ses fesses glissent sur mes cuisses. Elle se redresse chaque fois et entretient ainsi mon érection solide.

Il y a maintenant un moment qu'elle ne s'est pas retournée. Elle semble captivée par le film qui, est-il utile de le dire, m'est complètement égal. Subtilement, sans être remarqué de personne puisqu'elle semble très attentive au dénouement du film, ma compagne glisse ses mains sous sa longue jupe, puis sur mes cuisses et, enfin, sur ma braguette.

Un observateur pourrait croire qu'elle est tranquillement assise sur ses mains jointes. Sauf que ces dernières sont plutôt occupées à défaire ma fermeture éclair. Je dois être rouge tomate, car j'ai l'impression que je vais avoir une attaque !

Sous l'abri de sa jupe, sa petite main a tôt fait de se faufiler par l'ouverture pratiquée dans ma braguette. Ses doigts agiles défont les boutons de mon boxer et je frémis de ressentir leur douceur exquise sur ma verge bandée.

Elle éclate de rire comme les centaines d'autres spectateurs en réaction à une scène du film et en même temps, très délicatement, elle extirpe mon pénis de sa tanière. Ses mains reviennent sagement à la surface et elle prend appui sur la chaise pour se repositionner.

Ma queue se retrouve ainsi logée dans le creux de ses fesses, là où la chaleur extrême rend sa peau humide. Je ne peux croire qu'elle soit encore attentive à ce film.

La réponse ne se fait pas attendre. Elle jette un œil autour, très discrètement, et elle repousse habilement sa culotte, en pressant ses doigts contre le tissu de sa jupe, là où la bande de son sous-vêtement serre sa peau. Elle le descend ainsi très lentement, comme si elle essuyait ses paumes sur ses cuisses. Elle laisse finalement sa culotte étirée autour de ses genoux, là où elle ne nuit plus à ses intentions.

Je retiens un gémissement de bonheur lorsque ma queue reconnaît cette moiteur tropicale unique à la femme. En oscillant savamment son bassin d'avant en arrière, sans que quiconque devine la nature de nos échanges, elle parvient à faire glisser ma queue dans son vagin.

Elle reste ainsi en selle, immobile, les mains posées sur les genoux. Seule une légère tension dans son dos trahit son empalement. Au bout de longues minutes, seul son bassin remue ; le reste de son corps reste parfaitement immobile.

Je ne peux pas bouger, de peur de vendre la mèche, si bien que je dois me contenter de subir passivement le tempo langoureux qu'elle impose.

Je pose toutefois les mains sur ses hanches animées de rotations langoureuses. Mes pouces effleurent le renflement inférieur de ses seins, dont je devine le poids brûlant. Elle se retourne parfois en souriant et dans ses yeux magnifiques brûle un éclat défiant.

Vers la fin du film, alors que je suis moi-même aux limites de mon endurance, je sens son corps se crisper, ses mains se refermer convulsivement sur mes genoux, et à peine un souffle aigu s'échappe de sa bouche aux lèvres entrouvertes. Mais je l'ai entendu.

Après quelques secondes de repos, elle recommence à bouger, au même rythme, et je me retiens de grimacer de plaisir. Je la retiens assise, je l'immobilise tandis que je jouis en elle.

Elle se redresse et s'assoit sur ma cuisse, où elle fuit lentement. Elle se tortille encore, mouillant son clitoris de la substance qui s'échappe de son vagin. Elle se barbouille et se masse sur ma jambe. C'est un contact extraordinaire. Je me demande de quoi sa vulve a l'air, je crois sentir quelques poils frisés. Sont-ils pâles ou foncés ?

De la même manière qu'elle l'a descendue, elle remet sa culotte en place. Puis elle se lève, un peu chancelante.

« Je vous remercie pour le siège. Vous êtes très galant », me dit-elle avant de s'éloigner.

Hébété, je reste assis. Il me faut plusieurs secondes avant de m'élancer derrière elle, avec la vive intention de l'inviter à passer la nuit avec moi.

Mais je ne la trouve nulle part. Où a-t-elle bien pu passer ? Elle n'a pas pu se volatiliser aussi vite. J'ai beau scruter la foule qui déambule au bord de la mer, elle s'est bel et bien évanouie comme par enchantement.

Déçu, j'arpente la promenade, avant de m'arrêter à un vendeur de crème glacée. J'ai beau tâter le creux de mes poches arrière de mon bermuda, je ne trouve pas mon porte-monnaie. Je commence à paniquer, il contenait tout mon argent, soit quelques centaines de dollars.

L'étendue de ma bêtise me frappe alors de plein fouet. Je me suis fait rouler comme un enfant. Mais bon sang, je dois admettre que c'était excellent !

La perquisition

Mes deux pieds nus posés sur la table centrale, je me détends en sirotant mon café au lait. Les jumeaux sont partis pour l'école, mon mari en a fait autant vers son travail, et je savoure ces instants bénis de tranquillité en regardant distraitement l'émission matinale de services à la télé.

Bien emmitouflée dans mon peignoir de ratine rose, je profite des coussins moelleux du fauteuil. Je n'ai rien prévu pour la journée. Je me propose d'errer sans but, ce que je ne fais pratiquement jamais. C'est un luxe si rarissime que je tiens à en soutirer le maximum.

Quand le carillon retentit dans la maison, je fronce les sourcils de contrariété. C'est probablement encore l'un de ces vendeurs enquiquineurs qui vous polluent la vie en banlieue.

Je me lève d'un trait, bien résolue à chasser cet importun sans lui donner sa chance. Pas question qu'il ruine ma journée ! Je m'assure que mon peignoir est bien fermé et je vais ouvrir.

La chaleur extérieure s'insinue à l'intérieur, caresse mes pieds nus avant de poursuivre son incursion dans le couloir. Les mots rudes que je m'apprêtais à proférer meurent subitement sur mes lèvres.

Car ce n'est pas un quelconque vendeur ou représentant religieux qui a sonné, mais un grand policier en uniforme. Son insigne brille sur son torse et sa lourde ceinture découpe sa silhouette en deux.

« Madame Grimard ? »

Ses yeux sont aussi pénétrants que des rayons X. Ils sont intimidants, dominants, abrutissants.

« Euh… oui.

– Isabelle Grimard ?

– Oui, oui. »

Il me brandit une feuille au nez et la rempoche aussitôt. Ses cheveux blonds prennent la teinte dorée du blé sous le soleil matinal. Sa mâchoire carrée, volontaire, lui prête un air d'arrogance.

« Je suis l'agent Paquet. Je suis en possession d'un mandat de perquisition pour fouiller votre propriété. Je dois entrer.

– Mais qu'est-ce que vous me chantez là ? fais-je, éberluée, alors qu'il me repousse et entre dans la maison. À quoi rime tout cela ?

– Restez tranquille. Ce ne sera pas long.

– Mais enfin… »

Il m'intime l'ordre de rester silencieuse. Ses mains sont grandes, aussi intimidantes que ses yeux perçants.

« Je dois fouiller toute la maison mais auparavant, je dois commencer par vous, madame. »

Je manque de m'étouffer.

– « Quoi ! ? »

Il me prend par les épaules et me conduit au mur.

« Mettez vos mains sur le mur et écartez les jambes. »

Je pense d'abord protester, puis je m'exécute. Je me sens étourdie, soumise. Le policier commence par fouiller mes poches. Puis, il palpe mes bras, mos dos, mes seins et mon ventre. Enfin, il tâte mes fesses et mes cuisses. Je retiens un frisson en fermant les yeux.

Ses grosses mains me palpent partout et mon corps réagit au quart de tour. Il soulève le bas de mon peignoir et l'enroule sur mes reins. Toute la partie inférieure de mon corps, à partir du nombril, est ainsi dénudée.

« Eh ! Qu'est-ce que vous fabriquez ? »

Je m'apprête à bouger, mais il m'immobilise d'une main sur ma nuque. Son autre main plonge résolument entre mes cuisses.

« Je dois fouiller vos cavités pour m'assurer que vous ne dissimulez aucune substance illégale. »

J'ouvre la bouche pour protester, mais le doigt épais qui envahit mon vagin me réduit au silence. Un deuxième doigt se joint au premier. Ils me fouillent en duo, avec une aisance remarquable.

Il faut dire que je lui facilite la tâche en mouillant abondamment. Ses doigts remuent de longues secondes dans l'étroitesse de mon vagin, sans rien trouver. Puis, je sens son majeur fouineur s'enfoncer dans mon rectum. Il est tout mouillé de ma réaction vaginale et entre ainsi sans heurt dans mon cul.

La joue appuyée contre le mur, son bras pressé sur ma nuque, j'échappe un gémissement impuissant, ce qui l'encourage à chercher encore plus profondément les traces d'un délit.

Ses doigts se séparent pour explorer simultanément les deux cachettes possibles. Leurs mouvements sont bientôt accompagnés du son humide et spongieux, presque gênant, de mes lubrifications.

Le policier s'agenouille derrière moi, sa main toujours partagée entre mes deux orifices. Je sens bientôt son souffle chaud caresser mes fesses. Que peut-il avoir découvert, outre mon excitation extrême ?

Il retire d'abord ses doigts vicieux, avant de lécher la raie de mes fesses. Je manque de m'évanouir. Je tremble de tous mes membres. Il recommence, en appuyant plus fermement sa langue dans ma vallée creuse et mouillée. Je me tiens sur la pointe des pieds, les mains toujours bien à plat contre le mur du salon. Je halète bruyamment et la maison résonne des échos de ma respiration.

Un filet de sueur perle sur mon front, mes paumes commencent à glisser sur la peinture tandis qu'il concentre les tournis obsessifs de sa langue sur ma vulve.

Je sanglote de plaisir, je me sens toute grande ouverte. Je me sens ruisseler sur ses joues rasée de près. Mes lèvres reçoivent le traitement royal et si elles pouvaient s'exprimer, elles chanteraient certainement les louanges de ce policier doué.

Je ne m'aperçois de sa prochaine manœuvre que lorsque les bracelets des menottes se referment en claquant sur mes poignets. Je sursaute, encore abrutie de plaisir.

Il m'enchaîne ensuite au bras du fauteuil. Je suis encore debout, le tronc penché en avant, et lui se place derrière moi. Je l'entends défaire sa ceinture, puis baisser son pantalon sur ses genoux. Son arme touche le sol avec un son mat.

Je bouge mes fesses, je ne peux plus attendre, pas après avoir été léchée aussi furieusement. Je brûle qu'il me prenne dans cette position efflanquée. Il saisit mes hanches, le peignoir retombe sur mon visage, mes seins excités sont déformés par la gravité, mes aréoles assombries par la position étirée de ma poitrine.

Mes bras sont tendus par les menottes qui me retiennent au fauteuil, et en même temps, le policier s'accroche à mes hanches. Il m'agace en pressant son gland contre mes lèvres, sans toutefois entrer, et je tente de forcer les choses en remuant mon bassin.

Je le regarde entre mes cuisses lorsqu'il pousse très lentement sa verge en moi. Chaque centimètre de son intrusion prolonge mon supplice. Je le sens bien prendre possession de moi, de toutes les fibres de mon corps.

Une fois qu'il est entré au complet, il reste là, sans bouger, à me remplir la panse. Je lâche un long mugissement, une plainte sourde qui vibre dans ma gorge. Mes cheveux voilent ma figure. Ils collent à mon front moite et quelques mèches s'insinuent même dans ma bouche entrouverte.

Je respire comme si je venais de courir le marathon. Je dois avoir les joues rouges, tout autant que la peau de mes fesses que ses mains serrent comme un étau.

Il bouge d'abord très lentement, avec une patience qui vient à bout de la mienne. J'ai envie de lui crier de me baiser de tout son soûl, mais je ne parviens qu'à gémir lamentablement.

Après de longues minutes à m'infliger cette torture cruelle, il accentue enfin le rythme. Entre mes jambes écartées, je peux le voir à l'envers, sa chemise ouverte sur son torse, son pantalon en accordéon sur ses mollets, ses souliers noirs bien astiqués.

Ses testicules frétillent chaque fois qu'ils claquent sur mes fesses, à chaque poussée qu'il introduit en moi. J'aimerais me masturber, mais j'en suis bien incapable ainsi entravée. Je serre donc les poings, mes ongles s'enfoncent dans mes paumes. Je serre aussi les dents, engourdie de plaisir, et je lâche un hurlement strident pour évacuer la tension.

Il faufile une main sur mon ventre, puis sur mon pauvre clitoris délaissé. Il le masse délicatement avec le bout de son doigt humecté de salive et je m'envole vers des cieux d'extase prodigieuse.

L'orgasme me fait tomber sur les genoux, ce qui étire encore mes bras entravés et tend douloureusement mes épaules. Son pénis est aussi cavalièrement expulsé de mon vagin, mais il persiste à manipuler mon clitoris entre ses doigts experts.

Je suis secouée de spasmes, mon visage larmoyant est enfoui dans le coussin du fauteuil, et je bats des pieds pour tenter d'expulser les ondes de plaisir qui parcourent mon corps.

Je lâche enfin un long soupir, délestée d'une pression énorme que je ne savais pourtant pas contenir. Ce soulagement me fait à la fois pleurer et rire. Il a repris sa place et bouge encore en moi, et je sens qu'un second orgasme ne serait pas impossible.

Mais il se retire encore et il vient devant moi. Je gobe son pénis gluant de ma propre liqueur, que je goûte avec un entrain inégalé. Comme je ne peux tenir sa matraque avec mes mains menottées, je dois user de divers subterfuges pour le garder en bouche.

Il tient mon menton d'une main et observe attentivement ma bouche s'étirer sur son gland. La queue de sa chemise frôle mes joues et je le regarde aussi, dans les yeux, attendant qu'il décharge dans ma gorge son eau-de-vie.

Il ne lui faut que deux ou trois petites minutes. Je bois tout, en accompagnant ses plaintes de grognements gourmands. Je laisse volontairement couler une petite quantité de sperme sur mon menton pour le fasciner encore plus.

Quand plus rien ne sort, que son éruption est épuisée, il va chercher la clé des menottes dans sa poche de poitrine. Il me libère et je frotte mes poignets meurtris par les bracelets de métal.

Il remonte son pantalon sur son pénis encore dur que j'examine avec un peu de nostalgie. Je noue mon peignoir, mes seins sont sensibles et tendus. Je me soumettrais volontiers à une autre fouille, mais le policier s'éloigne déjà vers la cuisine en rentrant sa chemise dans son pantalon.

Ses pas lourds retentissent de nouveau sur le parquet du couloir. Il marche rapidement et tient à la main un sac de papier brun. Je suis toujours étendue au sol, en plein milieu du salon, où je récupère lentement de mes émotions.

Le charmant policier se penche sur moi et m'embrasse sur la bouche, y recueillant un échantillon généreux de ce que j'ai avalé.

« J'avais oublié mon lunch ! » déclare mon mari en se dirigeant vers la porte.

Décidément, il n'y a pas moyen de jouir d'un matin tranquille !

Pourboire obligatoire

« Crois-moi, Stéphanie. Tu amasseras beaucoup plus de pourboire auprès des hommes si tu retires ton alliance. »

Cette réflexion profonde vient de Rebecca, une plantureuse Noire qui bat justement tous les records de pourboire à la rôtisserie.

Nous sommes trois serveuses assises dehors, sur un trottoir en béton, derrière le restaurant. Le système de ventilation propage l'arôme du poulet rôti sur le stationnement.

« N'importe quoi, dis-je en écrasant ma cigarette du bout du pied. Je suis récompensée pour la qualité de mon service, pas pour la qualité de mes courbes.

– Moi, je dis que Rebecca a raison, intervient Sylvie, une quinquagénaire, mariée comme moi, et dont les cheveux poivre et sel vieillissent prématurément son apparence.

– Bien, dans ce cas, je préfère ramasser moins d'argent. Je n'ai pas l'intention de jouer sur la séduction pour gagner l'estime de mes clients, dis-je en me levant.

– Qui a parlé d'estime ? Ils n'en ont que pour nos fesses. Il faut être lucide, ma petite Stéphanie. Quand tu auras compris cela, tu feras fortune avec tes petites fesses parfaites ! »

Je précède Rebecca dans la cuisine. Nous devons prendre notre service dans deux petites minutes. Il est presque midi.

« Stéphanie, ne me remercie pas tout de suite, mais j'ai placé dans ta section un mec de tous les diables. Un adonis, un canon ! » m'accueille Sophie, dont le travail est d'assigner les clients aux différentes sections.

Je lève la main gauche et je fais tourner mon alliance dans mon doigt.

« Je suis mariée, tu te rappelles ? » dis-je assez fort pour être entendue de Rebecca.

Cette dernière lève le menton et s'éloigne dans la salle à manger. Je la suis en riant, je ne suis tellement pas du genre à me pâmer pour un client. Il y a longtemps que cette époque est derrière moi.

✧

N'empêche que Sophie avait raison. Le mec est un canon de beauté. Un adonis à la puissance dix. Le type d'homme dont la présence irradie autour de lui.

Quand j'arrive à sa table, il détache ses yeux du menu et les plante solidement dans les miens. Sa mâchoire carrée frôle l'arrogance. Ses yeux bleus ressemblent à l'océan au coucher du soleil. Ses cheveux châtains, en bataille, ajoutent une touche espiègle à son allure par ailleurs conservatrice.

Il porte un complet noir à fines rayures blanches, une chemise bleue et une cravate à motifs géométriques. Très séduisant, me suis-je dit en souriant. Beau à en crever.

« Bonjour. Je m'appelle Stéphanie. Prendrez-vous quelque chose en apéritif ?

– Que me suggérez-vous ? » fait-il sans me lâcher des yeux.

Moi sur un lit de roses, ai-je pensé en rougissant.

« Notre bière en fût est excellente et très froide par cette chaude journée », ai-je plutôt offert, fort raisonnable.

– Alors, va pour la bière. »

En chemin pour le bar, je bifurque dans les toilettes. Je me plante devant la glace et je tire de la poche revolver de ma jupe un tube de rouge à lèvres. Je recoiffe mes cheveux noirs, coupés aux épaules, qui s'harmonisent avec la teinte de mes grands yeux.

J'applique ensuite le rouge sur mes lèvres pulpeuses, point saillant, avec mon menton pointu, de mon visage harmonieux en forme de fraise. Mon sourire contagieux s'étire sur mes dents très blanches, alignées comme des soldats disciplinés.

J'ajuste aussi ma blouse. Je détache un bouton, un seul. Puis un deuxième, et je me penche devant la glace pour évaluer les résultats. Satisfaite, je reprends le chemin du bar, où je récupère un verre de bière pression.

Le menu est fermé devant lui quand je dépose le verre glacé sur la table. Si Rebecca savait que je me penche intentionnellement pour lui allouer une vue plongeante sur ma poitrine, elle en ferait sûrement des gorges chaudes !

« Avez-vous fait votre choix ? »

Il me dévisage. Autant dire qu'il me scie en deux.

« Que me recommandez-vous ? La cuisse ou la poitrine ? »

Ses yeux troublants tombent sur mes seins, furieux comme toujours d'être ainsi contenus.

« Je penche pour la poitrine », dit-il presque sournoisement.

Il a des lèvres pleines, sûrement agréables à embrasser.

« On néglige parfois la cuisse, bien qu'elle puisse aussi cacher une viande succulente », ai-je répondu en le fixant droit dans les yeux.

Il semble indécis. Tant pour son choix que pour la conduite à adopter.

« Je vous suggérerais bien de goûter aux deux, mais ce serait un péché de gourmandise. »

Il continue à me dévisager avec une intensité troublante. Il veut me faire comprendre qu'il a l'habitude de pécher.

« Tout compte fait, je crois que je vais choisir la poitrine.

– Vous pourrez toujours revenir une autre fois pour la cuisse. »

Il hoche la tête.

« C'est bien ce que j'ai l'intention de faire, Emmanuelle. »

J'adore quand les gens que je connais peu utilisent mon prénom en me vouvoyant. Je trouve cela tellement romanesque !

« Mais vous savez, je ne crois pas que vous mettiez la poitrine assez en évidence. Je suis certain que plus de clients en feraient leur choix si vous insistiez davantage. »

Je rougis presque jusqu'aux oreilles.

« Je vais en toucher un mot au patron. »

Je vais entrer sa commande sur l'ordinateur et, après m'être assurée que personne ne me regarde, je verse un peu de sauce sur ma veste sans manches. Je retourne ensuite à la cuisine, où Rebecca me fait remarquer la tache brune sur ma veste bleue.

Je retire donc le vêtement, ne conservant que ma blouse, libérant ainsi mes seins de leur contention. Mon décolleté devient ainsi plus plongeant, à la limite de la bienséance.

« Eh, Emmanuelle ! Tu as oublié un bouton ! » m'apostrophe Rebecca en riant, consciente de mon stratagème.

Avant de lui apporter sa commande, j'ajuste encore soigneusement l'échancrure de ma blouse et oui, je retire mon jonc que j'enfouis dans ma poche avec mon rouge à lèvres. Lui aussi en a un, mais je refuse de m'attarder à ce détail.

Je dépose devant lui l'assiette fumante et je surprends l'errance très brève de ses yeux sur ma poitrine. Il doit noter que j'ai retiré mon jonc. En fait, je dois avouer que je l'aide un peu en posant la main gauche sur ma poitrine.

« Si vous avez besoin de quoi que ce soit, n'hésitez pas à me faire signe », dis-je d'une voix mielleuse.

Je sers ensuite d'autres clients, en le gratifiant au passage de mes plus beaux sourires. Quand il pousse son assiette devant lui, j'accours pour le débarrasser.

« Prendrez-vous un dessert ?

– Que me suggérez-vous ? »

Je ne crois pas que je pourrais tolérer une nouvelle joute verbale. La précédente a mis mes nerfs à vif, sans mentionner l'état d'humidité abondante qui ne s'est pas encore résorbée plus au sud !

« Ce que j'ai de meilleur ne figure malheureusement pas au menu », ai-je déclaré de mon ton le plus coquin.

Ça n'a rien de subtil, mais je me console en voyant dans ses beaux yeux s'allumer la flamme du désir.

« Je ne pourrai terminer votre service, car je dois prendre une pause. Comme nous n'avons pas de salle d'employés, je sors griller une cigarette derrière », dis-je innocemment en l'invitant à revenir nous visiter.

✧

Je suis adossée au mur de briques derrière le restaurant lorsqu'il me rejoint. Je jette ma cigarette au loin et il se rapproche au point où je me retrouve coincée entre lui et le mur.

« La tarte au sucre ne me disait rien qui vaille », explique-t-il en posant les mains sur mes hanches.

Je goûte le café sur sa langue lorsque nous nous embrassons. Plus que jamais, l'air embaume la rôtisserie. Il fait chaud et humide. Mes mèches noires se mettent vite à boucler.

Sa bouche grignote mon oreille, puis il suçote ma nuque, à la racine de mes cheveux. Ses mains se faufilent sous ma blouse, elles pétrissent mes seins ronds jusqu'à les faire exploser hors de mes bonnets de dentelle.

Il déboutonne ma blouse et colle sa bouche à mes mamelons, en les suçant agressivement. Sa main droite part sous ma jupe et masse ma vulve mouillée par-dessus ma culotte. Près de nous rugissent les moteurs de voiture et s'élèvent les éclats de voix des clients qui retournent au travail.

Je défais deux boutons de sa chemise et je passe mes mains par l'ouverture. Je glisse mes doigts sur ses côtes, sur ses pectoraux, et je pince ses mamelons pour les exciter.

Il grogne et me mord dans le cou. De ma main gauche, je palpe son érection à travers le pantalon. Elle est puissante, intrigante. Je baisse vite sa fermeture éclair et ma petite main extirpe sa queue dure. Je l'aide à baisser ma culotte, jusqu'à ce qu'elle se retrouve sur l'asphalte chaud.

Il s'agenouille devant moi et, après avoir plongé sa tête sous ma jupe, je sens sa langue dorloter ma vulve. Je tiens sa tête enveloppée dans ma jupe tandis qu'il me lèche langoureusement.

Le soleil plombe sur mes seins nus, cavalièrement extirpés de mon soutien-gorge, dont les aréoles ressemblent à deux boutons d'urgence très rouges.

Il salive abondamment, jusqu'à ce que ça me coule sur les cuisses. Les roulis de sa langue sont formidables, je n'ai jamais subi une caresse plus intime, plus douce et grivoise que le cunnilingus.

Déchaînée, je tombe sur mes genoux et je le suce à pleine bouche. Sa queue me bâillonne et je pose mes mains au sol pour me retenir de tomber sur les fesses. Je travaille sa verge sur la longueur, avant de lécher ses testicules, puis de revenir le gober facilement.

Une fois qu'il est bien huilé, je m'adosse au mur et il me prend debout. Mes cheveux se prennent dans la brique abrasive, la peau de mes doigts s'écorche sur les joints de mortier. Mon client très particulier me tient sous les genoux, en lévitation sur sa queue.

C'est bon parce que c'est interdit. Comme ça, en plein air, dans la ruelle du restaurant, avec un homme que je ne connais pas. J'en perds l'un de mes souliers et je pose mon pied nu sur l'asphalte, qui me brûle la peau.

J'étouffe un premier cri, mais le second m'échappe bien involontairement. Il pose une main sur ma bouche, tandis que de l'autre il soutient toujours l'une de mes cuisses. L'orgasme monte en moi comme de la lave en fusion. Je ferme les yeux de toutes mes forces et je jouis comme une petite folle !

Lui aussi vient avec une force contagieuse. Il se retire en laissant couler sur mes cuisses sa semence tiède et épaisse. Il ne me laisse pas comme ça et s'agenouille pour me lécher, des genoux à la vulve, sans en laisser une seule goutte. J'en frissonne de tous mes membres.

Il se remet debout et vient m'embrasser. Ses lèvres goûtent mon intimité, ce n'est d'ailleurs pas la première fois que ce plat succulent m'est présenté.

« Alors, à quelle heure rentres-tu à la maison ? » me demande mon mari, dont les doigts se remettent à fouiller entre mes cuisses.

– Pourquoi ? Tu n'en as pas eu assez ?

– Je suis déjà prêt pour la cuisse ! »

Les complices

« Point de match ! » s'écrie Frédérique en servant la balle.

Surprise par la vélocité du coup, Catherine fend l'air sans parvenir à retourner la balle. Elle se rend ensuite au filet en secouant la tête. Elle a les joues très rouges et le bandeau qu'elle porte au front est imbibé de transpiration. Elle libère la balle de tennis logée dans la culotte de sa jupe et serre la main de son amie Frédérique.

« Sacré match. Je ne sais pas ce que j'ai, mais je suis crevée, dit-elle au prix d'un effort colossal pour contrôler sa respiration.

– Allons boire quelque chose de rafraîchissant. Je parie que Mylène nous attend déjà. » Cette dernière, une jolie rousse enceinte de six mois, les attend effectivement au bar du club sportif, d'où elle bénéficie d'une vue en plongée sur les courts de tennis illuminés.

Depuis l'annonce de sa grossesse, Mylène a cessé les sports de raquette pour se livrer à des sessions d'aquaforme. Elle porte toujours son maillot mouillé, sur lequel elle a drapé une grande serviette. Ses pieds chaussés de sandales de plastique sont posés sur une chaise devant elle.

Dès qu'il a su qu'elle était enceinte, le partenaire de Mylène a tiré sa révérence, renonçant à leur couple et à sa paternité. Malgré son appréhension à vivre seule sa grossesse, Mylène a néanmoins conclu que mieux valait qu'il en soit ainsi. Égoïste et avare de nature, son partenaire aurait fait un bien piètre père pour son enfant à naître.

Bien qu'elle soit jolie et animée, Mylène n'a pas connu d'homme depuis cet abandon. Elle préfère consacrer toute son énergie à son enfant annoncé. Toutefois, certains mois de sa grossesse ont vu sa libido grimper en flèche et elle n'a pu que se rabattre sur un vibrateur acheté à la boutique érotique.

Bizarrement, malgré la grossesse avancée, ses seins sont demeurés de dimension modeste. Par contre, ses jambes musclées et très blanches comme le reste de sa peau, ainsi que ses fesses habituellement menues, ont pris un certain coffre.

Ses beaux yeux bleus ressemblent à deux lacs au cœur de son visage rousselé. Elle est si petite qu'elle peut se chausser à bas prix dans le rayon des enfants. Avant sa grossesse, il lui arrivait fréquemment de ne pas porter de soutien-gorge, sa poitrine ne souffrant pas de cette omission.

Frédérique s'assoit discrètement à sa gauche, après avoir déposé sa raquette sur la table. En fait, seul le mot « discrétion » suffit à décrire parfaitement cette belle et grande brune.

Elle aussi célibataire, son dernier amoureux a mis les voiles quand elle a décidé de faire réduire ses seins, ce qui a déplu à l'amant des grosses poitrines qu'elle fréquentait alors. Souffrante durant plusieurs semaines, elle a pu compter sur le soutien de ses deux amies jusqu'à sa guérison complète.

Maintenant que sa poitrine a perdu un peu de son envergure, sa silhouette est sans reproche. Ses yeux pers très pâles, jumelés à son front large et son nez retroussé, composent un visage relativement beau, quoique anonyme, sans artifice ou distinction particulière.

Catherine commande une ronde de thé glacé et pose ses pieds chaussés d'espadrilles sur le bras de la chaise occupée par

Mylène. Ses bas courts dénudent ses jolies jambes depuis les chevilles. Toute menue, elle arbore des cheveux châtains coiffés à la garçonne. Ses yeux très verts dominent un petit nez plombé de taches de rousseur.

Tout en elle est petit : ses seins, ses mains, ses pieds et ses fesses. Elle doit peser tout au plus quarante-cinq kilos. Son t-shirt mouillé sur le devant détaille sa poitrine ronde.

Les trois femmes trinquent et engloutissent une première gorgée de thé. Depuis les courts, l'impact des balles de tennis sur les raquettes résonne en une cacophonie rompue par quelques cris de joueurs frustrés.

Soudainement, Catherine pousse une petite exclamation et se laisse glisser sur sa chaise, en utilisant sa raquette comme un écran de protection. Elle glisse ainsi jusqu'à ce qu'elle se retrouve assise sur ses reins.

« Cat ? Mais qu'est-ce que tu fais ? Tu te sens bien ? demande anxieusement Mylène.

– Continuez à parler, les filles. Vous voyez cette blonde au comptoir ? Celle avec le gilet rayé ? Elle m'a harcelée durant des semaines. Il ne faut pas qu'elle me voie. »

Mylène baisse la voix et regarde Frédérique comme si elle s'adressait à elle.

« Elle t'a harcelée ? Mais pourquoi ? »

Sidérées, Mylène et Frédérique se dévisagent sans comprendre. La blonde en question passe le tourniquet sans remarquer Catherine et quitte le club en compagnie d'un homme aux cheveux mouillés. Jolies fesses, jambes magnifiques. Un corps sculptural. Un vrai canon.

Quand la superbe sportive disparaît dans le stationnement, Catherine refait surface, les joues rouges, l'air embarrassé.

« Elle voulait plus que je n'étais prête à offrir, explique la jolie châtaine en reprenant contenance.

– Mais de quoi parles-tu ? s'entête Mylène.

– Tu ne sais pas ?

– Quoi ? s'énerve Mylène en haussant le ton.

– J'ai couché avec elle. »

Le silence s'abat sur le groupe comme une tonne de briques.

« Ne fais pas cette tête-là, Mylène », lui reproche Catherine.

Mylène tourne les yeux vers Frédérique.

« Tu le savais, toi ?

– Bien sûr. Enfin, pas pour la blonde. Disons généralement. »

Depuis quelques mois, Mylène fréquente moins ses amies. Elle a l'impression d'être en retard sur les nouvelles.

« Je suis vraiment désolée, Cat.

– Ce n'est pas une maladie, tu sais, banalise Catherine.

– Bien sûr que non. Je réagis comme une sotte. Je... écoute, tu es la seule lesbienne que je connaisse.

– Je préfère bisexuelle. Disons que même si je suis dans une phase féminine ces derniers mois, les deux camps ont leur attrait.

– Depuis combien de temps n'as-tu pas couché avec un homme ? Je me souviens de Stéphane...

– Dix ou douze mois. Au fond, qui en a besoin ? Les filles ne se laissent pas prier pour te faire l'amour oral. Elles savent à quel point ça peut être bon. Les hommes ne se servent du cunnilingus que pour se la tremper. Tu sens leur impatience et ça gâche tout. Si tu arrivais à trouver un seul homme qui sache se contenter de lécher sans se décourager, une heure s'il le faut, et sans te presser pour la pénétration... alors là, oui, peut-être redeviendrais-je exclusivement hétérosexuelle. Peut-être. Impossible d'en être assurée. Les hommes ne sont pas buccaux, sauf pour se faire tailler une bonne vieille pipe. Là, les candidats abondent... Dans le fond, le cunnilingus, c'est exclusivement une affaire de femmes.

– Ça, c'est bien vrai, soutient Frédérique avec conviction.

– Toi aussi ?! s'étonne Mylène.

– Pas autant que Catherine. J'ai eu… disons, quelques échanges. Jamais une relation complète. Mais Cat a fichtrement raison. C'est bien meilleur qu'avec un homme, si habile soit-il.

– Amen », confirme Catherine.

Les projecteurs s'éteignent au-dessus des courts de tennis, comme pour clore leur discussion inusitée. Le club se vide de ses membres. Derrière le bar, la barmaid ramasse les verres abandonnés par les derniers clients.

« Passons au vestiaire, on pourra continuer cette conversation », proclame Frédérique en se levant.

Les trois femmes descendent au vestiaire, situé au sous-sol. Mylène ressent un nouveau malaise à se dévêtir devant ses amies. Elle a l'impression qu'elles ne la regardent plus de la même manière. Même si elle sait que ce n'est qu'une question de perception, elle n'en ressent pas moins la dérangeante sensation de se déshabiller sous une loupe.

Mylène retire donc son maillot avec toute la hâte que lui permet son corps alourdi. Connexe à la salle des douches, une grande baignoire à remous les attend. Mylène sait qu'elle devrait se laver avant, mais elle rechigne à l'idée de se doucher sous les yeux de ses amies.

Aussitôt évoquée, l'aventure de Cat avec cette blonde épatante a suscité en elle des images érotiques fort dérangeantes et, à son étonnement, elle s'est demandé comment son amie avait pu se lasser d'une si séduisante partenaire.

Comme elle s'immerge dans le bain, Mylène réalise l'absurdité de la situation. Rien n'a vraiment changé entre elles, si ce n'est sa réaction disproportionnée face aux aveux de ses amies.

Elle se permet donc de se détendre en surveillant Frédérique qui la rejoint. Ses seins refaits sont magnifiques, lourds, mais en même temps solides, haut placés sur son sternum. Insolents est le terme qui leur convient le mieux.

Frédérique jouit désormais du luxe de ne pas mettre de soutien-gorge quand la situation s'y prête, puisque sa poitrine n'a plus besoin de soutien supplémentaire. Elle sait très bien se tenir seule !

Frédérique a attaché ses longs cheveux en un inextricable chignon. La ligne de son cou fait très aristocratique, tandis que ses yeux pâles attestent d'un degré de soumission élevé. Elle a toujours éprouvé ce problème avec les hommes.

Catherine, bonne dernière, prend tout son temps pour entrer dans l'eau. Son corps présente un surprenant mélange de maturité et de puérilité. Ses fesses, toutes petites, s'agencent bien avec ses seins miniatures, alors que ses jambes musclées et ses larges aréoles sombres accusent son âge réel.

La question lui brûle les lèvres depuis tout à l'heure, aussi Mylène s'entend-elle la poser très franchement.

« Cat, dis-moi, les queues ne te manquent-elles pas ? »

L'intéressée secoue la tête. Elle a appuyé ses bras sur les rebords du bain, ce qui exhibe ses jolis seins juste au-dessus de la surface de l'eau tourbillonnante. Quelques gouttes chlorées s'accrochent à ses mamelons très longs.

« Il y a toutes sortes de jouets pour les remplacer. Même pour les surpasser. Il aurait beau être Superman, une queue rotative avec un stimulateur du point G, munie d'un castor pour le clitoris et de vitesses variables, ça ne souffre aucune compétition ! »

Nous rions toutes aux éclats.

« Et puis, le bon vieux doigt fait aussi très bien l'affaire. Ce dont tu as besoin, Mylène chérie, c'est d'une langue passionnée pour bien te lécher la chatte », ajoute Catherine avec une mimique fort explicite.

Mylène rougit jusqu'aux oreilles. Sous l'eau, leurs six pieds se frôlent et s'emmêlent. La main de Catherine se pose sur le ventre de Mylène, qui sourit doucement. Tout le monde veut le toucher, c'est donc un geste qu'elle a l'habitude d'accepter.

Puis, la main descend, sous le nombril, juste à la lisière de ses poils pubiens. Elle gigote un peu, en attendant de voir si la main descendra encore.

Et elle le fait, les doigts touchent sa vulve, ses lèvres, caressent son bourgeon. Mylène ne sourit plus, elle ne sait pas comment réagir, mais elle se sent curieuse, assez intriguée pour ne pas stopper les choses.

Avec un sourire de louve, Catherine les rassemble toutes trois dans son étreinte. Frédérique est rouge comme un homard. Mylène est excitée comme jamais. Ses deux amies l'embrassent sur les joues, leurs seins se pressent contre ses bras. Elle a si chaud qu'elle pense s'évanouir.

Le moteur de bain couvre leurs gémissements alors que Frédérique et Catherine se partagent ses seins très durs, aux aréoles aussi larges que de succulents biscuits. Mylène se laisse guider par les mains empressées de ses deux amies et s'agenouille dans les marches, exhibant ainsi son cul hors de l'eau.

Catherine l'attaque par-derrière, tandis que Frédérique se glisse sous elle, pour la lécher par-devant. Leurs langues se rejoignent sur son sexe, taquines, exaltées. Catherine lui tient les pieds et Frédérique empoigne ses seins. Ses ongles lui écorchent les mamelons, exacerbant leur sensibilité.

Une vapeur humide les enrobe, ajoute une touche d'exotisme à leurs échanges. Frédérique délaisse un peu son clitoris pour manger ses seins, avec un appétit que ne connaîtra jamais son nourrisson. Mylène tremble de tous ses membres, ses genoux s'entrechoquent, tandis que Catherine lape son sexe sur toute sa longueur, du nombril à ses reins.

Rassasiée de ses seins, Frédérique retourne entre ses jambes, mais en se jumelant à Catherine par-derrière. Elles se bataillent pour sucer sa cerise, leurs deux bouches grignotant le gras de ses cuisses au passage.

Fatiguée par sa position un rien acrobatique, Mylène s'assoit sur la dernière marche et Catherine l'ouvre en deux avec sa langue. Elle écartèle ses grandes lèvres pour fondre dans sa douce intimité. Elle goûte son amie avec une grande émotion, qui se transmet dans ses caresses furieuses.

Pour ne pas être en reste, Frédérique caresse ses cuisses, extraordinairement douces, ses genoux osseux, ses mollets galbés. Elle chatouille la plante de ses pieds. Ses doigts glissent partout sur les jambes de Mylène, jusqu'à ce qu'ils effleurent les contours de son sexe baveux, encore dégusté par Catherine qui y laisse les traces généreuses de sa salive.

Mylène écarte encore les genoux pour faciliter l'accès à ses deux amies. Ses genoux tressautent quand les manœuvres de la bouche de Frédérique, ayant remporté la place, catapultent des ondes de plaisir partout dans son corps. Comme si un violent choc électrique contractait tous ses muscles.

S'étant retirée, Catherine les observe en se masturbant, son index disparaissant en entier dans son vagin mouillé. Les yeux à demi fermés, elle ne rate rien des frétillements de la langue de Frédérique dans la grotte blonde de Mylène. Cette dernière gémit de plaisir, de désir, assez fort cette fois pour couvrir le moteur du bain.

Mylène bouge ses fesses sur le visage de Frédérique, pour ainsi peindre ses joues de ses substances excitées. Frédérique, affamée, lape l'eau qui dégouline du sexe protubérant de Mylène, dont l'endurance à la jouissance est un phénomène en soi.

Mais lorsque Catherine joint son doigt à la langue de Frédérique, Mylène en perd la tête. Elle se met à hurler de plaisir, à contracter ses fesses dans les mains ouvertes de Frédérique. Elle jouit en pressant son clitoris sur la bouche de son amie, tandis que l'index de Catherine tournoie dans son vagin innervé.

Après une longue contraction de tous ses muscles, Mylène se détend en riant aux larmes, toute sa tension s'étant évacuée au moment de l'orgasme. Satisfaites, ses deux amies s'embrassent à l'orée de sa vulve, avant de l'entraîner dans les profondeurs du bain.

Elles embrassent doucement Mylène, en cajolant tout son visage. Leurs visages couverts de transpiration, les trois femmes se caressent sous l'eau. Des bruits de pas en provenance de l'entrée du vestiaire les font sursauter.

La superbe blonde aperçue plus tôt, celle qui avait harcelé Catherine, vient d'entrer et se dirige d'un pas décidé vers le bain où les trois femmes sont désormais assises côte à côte.

Catherine agite les bras à l'intention de la blonde, qui ne comprend pas le signal. Elle vient se poster aux abords de la baignoire à remous, en posant les mains sur ses hanches parfaites.

« Alors, Cat ? Est-ce que notre truc a fonctionné ? Tu ne m'as pas dit pourquoi je devais me présenter à la réception précisément à cette heure ? Tu voulais faire quoi, au juste ? »

Mylène dévisage Catherine, puis Frédérique. Les deux femmes sont rouge tomate. Elle comprend alors leur stratagème. Cette fille n'a jamais couché avec Catherine. Ce n'était qu'une supercherie pour l'amener à baiser avec elles !

Loin d'être choquée, Mylène part d'un rire franc, qui secoue ses seins nus. Elle enlace ses deux amies, avant de s'adresser à la blonde qui n'y comprend rien.

« Tu ne sais pas à quel point je suis heureuse que tu sois passée par ici ce soir ! »

Entre ciel et terre

Je cours en zigzaguant dans le stationnement souterrain, en essayant de ne pas tomber en bas de mes souliers à talons hauts. La jupe courte de mon tailleur entrave mes foulées et ne me facilite pas la tâche pour rattraper mon retard accumulé dans la circulation.

J'arrive finalement essoufflée devant l'ascenseur et j'appuie sur le bouton d'appel. Je tiens d'une main ma mallette de cuir tandis que de l'autre, je replace quelques mèches de cheveux intempestives qui se sont échappées de mon catogan.

Après de longues secondes d'attente, il arrive enfin et je m'engouffre dans la cabine. Le bas des cloisons est lambrissé de bois, tandis que le haut est recouvert de miroirs. Je profite de l'ascension vers le seizième étage pour refaire ma mise. Pour moi, chaque seconde d'attente est autant de précieux temps perdu. Alors, autant en faire bon usage.

Bien que je n'aie pas un minois exceptionnel, je ne verse pas non plus dans l'anonymat. Mes cheveux blonds, que je porte dans mon dos le week-end et ramassés en chignon au travail, agrémentent mon teint pâle et mes grands yeux gris-vert. Ma bouche généreuse, peut-être trop ambitieuse pour mon visage étroit, s'étire sur un sourire que je peux rendre plaisant.

En fait, la sévérité de mon apparence constitue mon principal obstacle. Le veston cintré de mon tailleur noir souligne ma taille mince et met en valeur mes seins menus. La jupe courte et les talons hauts servent à donner l'illusion que mes jambes sont plus longues qu'elles ne le sont réellement.

À mon grand dam, l'ascenseur s'arrête au deuxième. Je ne cache pas mon impatience quand un col bleu entre, en prenant le temps d'adresser quelques mots à une personne que je ne vois pas et en retardant la fermeture des portes avec sa main. Mon temps !

Il surprend du coin de l'œil mon regard courroucé et met enfin un terme à sa futile discussion. Il s'adosse au panneau de commande et me regarde sans se gêner. Il est bien bâti, grand et costaud, avec des cheveux bruns qui bouclent sur le col de sa chemise de travail marine, dont les manches sont roulées sur ses avant-bras musculeux.

Je dois admettre qu'il remplit plutôt bien son pantalon, du même tissu que sa chemise et ses bottes à embouts d'acier sont abîmées sur les bouts. Une boucle d'oreille scintille à son lobe droit. Il doit avoir dans les quarante ans, soit dix de plus que moi.

« Quoi ? fais-je durement alors que l'ascenseur reprend son rythme d'une lenteur affolante.

– Vous avez l'air fâchée », constate-t-il en souriant en coin.

Je croise les bras sur ma poitrine.

« Je suis impatiente. C'est différent. »

Cet homme respire la virilité. Ses mouvements, son allure, ses bottes, tout en lui dégage un érotisme presque incommodant. Et je soupçonne fortement qu'il le sache très bien. Pourquoi est-ce que les hommes diablement attirants doivent toujours être arrogants ?

Je surveille les étages défiler. Nous atteignons le dixième étage lorsqu'une brusque secousse se produit, m'arrachant un cri de surprise. L'ascenseur s'immobilise et la lumière s'éteint. C'est la noirceur totale.

«Vous êtes nerveuse dans les ascenseurs? me demande calmement l'autre passager.

– Pas quand ils fonctionnent normalement!»

Une petite lumière d'urgence s'allume après quelques secondes. Une sorte de veilleuse qui dispense une clarté diffuse. Mon compagnon n'a pas bougé et je me déplace devant lui sans qu'il esquisse le moindre geste.

«Ça vous ennuierait beaucoup de vous pousser? Je vais appeler pour qu'on nous sorte d'ici.»

Sa suffisance m'horripile. D'aussi près, je détecte son arôme, celui de son eau de toilette agressive mélangée à celui plus rance de sa transpiration. Il ouvre le panneau et je remarque sa main puissante, une main de travailleur qui ne rechigne pas devant les efforts physiques. Sur chaque jointure est tatouée une lettre en noir. Charmant s'il était un prisonnier!

Le préposé qui me répond à l'autre bout n'a rien d'autre à me dire qu'il est au courant de la panne et qu'une équipe a été appelée pour remédier à la situation. Je raccroche d'un geste rageur, agacée encore plus par le calme apparent de mon compagnon d'infortune.

«Originaux, ces tatouages sur vos jointures», dis-je en retournant sagement dans mon coin.

Il rit, découvrant un alignement irréprochable de dents blanches.

«Vous n'en croyez pas un seul mot!»

Je choisis de ne pas répondre. Il a partiellement raison.

«Qu'est ce que ça représente?»

Il joint ses poings ensemble et les exhibe sous mon nez aristocratique.

«Ça dit: Véronique. Je l'avais fait tatouer du temps que nous étions ensemble.»

À mon tour de sourire.

«Je parie que c'est elle qui vous a laissé tomber.

– Vous avez raison. C'est aussi elle qui m'a supplié de la reprendre.

– Pour quelle raison ?

– Je vous laisse deviner. »

Je renifle pour lui signifier mon mépris. J'ai très chaud tout à coup et je retire mon veston. Je le plie et le dépose sur ma mallette.

« Mariée depuis longtemps ? me demande-t-il en avisant ma bague.

– Premièrement, c'est une bague de fiançailles. Deuxièmement, il n'y a personne. Je la porte pour éloigner les prétendants. »

C'est à son tour de rire.

« Ce doit être la chose la plus arrogante que j'aie jamais entendue ! s'exclame-t-il d'un air outré.

– Vous devez sûrement vous y connaître en la matière ! » ai-je rétorqué sans me laisser démonter.

Il commence à déboutonner sa chemise.

« Qu'est-ce que vous faites ? Vous n'allez tout de même pas...

– Ne vous énervez pas comme ça. Je porte un t-shirt en dessous. Je ne vous offrirai pas ce plaisir ! »

Ce type est un vrai fumier ! Pourtant, son t-shirt blanc révèle un torse développé qui me fait quelque peu loucher. Il m'énerve d'autant plus qu'il est attirant, et le fait qu'il semble si bien le savoir accroît encore mon animosité envers lui.

J'essuie la transpiration qui commence à couvrir mon front. Je sens même mon chemisier qui colle à mon dos.

« Ne vous gênez pas pour moi si vous souhaitez retirer votre veste.

– Vous seriez trop content ! »

Il rit.

« Je préfère les femmes avec de gros seins, riposte-t-il en visant dans le mille de mes complexes.

– Pourquoi ne suis-je pas surprise ?

– Probablement parce que tous les mecs intéressants tournent le dos à vos kiwis. »

J'ouvre la bouche toute grande.

« Vous avez un de ces culots ! »

Je retire ma veste d'un mouvement rageur. Ma petite poitrine tire sur les boutons de mon chemisier, que je choisis sciemment plus petit pour accentuer mes rondeurs.

« Et puis, ils sont plus gros que des kiwis, ai-je ajouté en lorgnant sur mes attributs.

– Disons de gros kiwis, concède-t-il en souriant.

– Disons des pommes », ai-je admis du bout des lèvres, avant de m'esclaffer de notre discussion idiote.

Je suis en train de comparer mes seins à des fruits avec un homme que je ne connais même pas, aussi viril puisse-t-il être.

« Que diriez-vous des hommes, si nous nous mettions à comparer ce que vous avez sous la ceinture ? C'est facile de juger les autres quand on cache sa virilité dans son pantalon. »

Il s'avance vers moi. Deux pas seulement et je suis coincée contre le mur, ses yeux à quelques centimètres des miens.

« Est-ce un défi ? »

Au point où j'en suis et malgré l'animosité qu'il m'inspire, je serais prête à le délester de sa ceinture. Pour débuter. Je ne laisse cependant rien paraître de mes intentions, du moins c'est ce que j'espérais.

« Je suis difficilement impressionnable.

– C'est parce que vous n'avez pas encore rencontré votre homme. »

Ses répliques coup pour coup m'énervent. Il est encore tout contre moi, sa chaleur m'indispose.

« Avez-vous une suggestion constructive, ou ne proférez-vous juste que des paroles dans le vent ? »

Mes lèvres ont à peine la place suffisante pour remuer, tellement les siennes, fort sensuelles, sont proches. Leur contour est nettement dessiné, une toute petite cicatrice marque celle du haut. Au moment où ses mains se posent sur ma taille, je lâche mon veston. Ses pouces remontent sur mes seins. Ils agacent mes mamelons à l'aveuglette, à travers mon chemisier et mon soutien-gorge.

Quand leur empreinte est nettement visible en relief, il les pince entre ses doigts. J'ouvre la bouche et son souffle chaud vole sur mes dents. Il faufile une main dans l'ouverture de mon chemisier, puis dans le bonnet de mon soutien-gorge. Ses doigts se posent sur mon sein brûlant. Au contact direct de ses doigts sur mon mamelon, je gémis tout bas.

De l'autre main, il sort mon chemisier de ma jupe. Puis, il dégrafe mon soutien-gorge. La jupe suit peu après. Je l'aide avec mes collants, en tremblant de tous mes membres.

Mes doigts nerveux peinent sur sa braguette, tandis qu'il fait passer son t-shirt par-dessus sa tête. Je tâte son érection à travers son boxer et je lui souris. Son arrogance est peut-être justifiée, après tout !

Je tire sur l'élastique de son boxer. Je caresse ses fesses bombées au passage. Sa chaleur m'enveloppe, ses caresses m'enflamment. Ses mains sont partout sur moi, surtout sur mes petits seins dont nous avons débattu du volume.

Je masse sa queue sur la longueur, à deux mains. Sa langue parcourt mon cou, jusque sur mes oreilles. Ma chaleur intérieure se transforme en brasier, intense, presque destructeur. Je m'agenouille devant lui et j'enfouis mon nez sous ses testicules, dans sa chaleur corporelle, avant de commencer à le lécher copieusement jusqu'au gland. J'étends ma salive sur son manche, en prenant bien soin d'en garnir généreusement ses couilles.

L'ascenseur est trop exigu pour nous étendre, ce qui limite les possibilités. Je le suce avec l'intention de l'épater, de faire ma marque, et je produis même quelques sons pour étayer ma démonstration.

Après quelques minutes, je fais une pause pour reprendre mon souffle. Je suis hors d'haleine, sa queue prend toute la place dans ma bouche, qui en a pourtant vu d'autres.

Il profite de cette brève interruption pour m'aider à me relever. Puis, avec une force qui n'a d'égale que l'agilité, il me soulève et me renverse la tête en bas. Je me retrouve ainsi à le sucer, tandis qu'il lèche ma vulve juteuse pressée contre sa bouche. Mes jambes sont repliées sur ses épaules et il tient mes fesses dans le creux de ses mains.

Il me tient sans forcer, de moins pas en apparence, pendant que j'avale sa jolie queue courbée. Ainsi positionnée et avec cette courbe prononcée, sa verge rentre plus aisément jusqu'au fond de ma gorge.

J'ai l'impression de faire un numéro de cirque ! Mais puisqu'il nous est impossible de nous étendre, nous utilisons autrement l'espace restreint de la cabine d'ascenseur.

J'aurais probablement eu un mouvement s'il ne m'avait solidement maintenue, lorsque sa langue déborde sur mon anus. Cette caresse ne m'est pas étrangère, mais je la permets seulement aux hommes que je connais.

Je me demande si je suis fraîche, mais la réponse vient très vite, par les mouvements profonds de sa langue dans mon rectum. C'est si bon que je repose un moment ma joue sur sa cuisse. Je me sens engourdie alors que le sang fuit mes extrémités.

Il joue de ses doigts dans mes orifices, m'offrant un double remplissage. J'écarte mes cheveux qui tombent dans mes yeux et je mordille ses testicules, tout près de son périnée, pour ensuite lécher et sucer les petites blessures que je lui ai infligées.

Il me laisse finalement descendre en me faisant glisser au sol. Il s'installe derrière moi et me pénètre aussitôt. Sa longue queue m'enfile au complet. Je tombe sur les coudes et je me masturbe alors que sa queue coulisse entre mes cuisses.

« Oh ! mon Dieu ! » gémis-je en aplatissant ma joue au sol.

Les mouvements de mon partenaire font frotter ma joue sur la moquette. Il serre mes chevilles dans ses mains puissantes ; je suis complètement livrée à ses humeurs.

Il décuple mon plaisir en insérant son index dans mon cul serré, lubrifié de sa salive et très réceptif à ses caresses. J'agite le bassin, pénétrée de toutes parts, prise par un expert en la matière.

Je serre les dents, guidée par ce qu'il me reste de fierté, mais affaiblie par le plaisir intense qu'il me procure si aisément. Je plante mes doigts et mes orteils dans le tapis, dans une tentative un peu vaine de m'accrocher, de ne pas succomber à la jouissance violente qui s'annonce.

Une crampe parcourt mon pied droit juste au moment où l'orgasme me terrasse au sol. Je m'étends sur le ventre. Son doigt fuit mon rectum, seule sa queue poursuit son infatigable besogne.

Il replie mes mollets sur mes fesses et continue de m'enfoncer sans répit, réunissant mes chevilles dans une seule main et pressant l'autre au creux de mes reins.

Je jouis durant de longues secondes, prisonnière de ses mains, possédée par son pénis vigoureux. Je pousse un cri strident dans le creux de mon bras.

Une fois que je suis bien détendue, que mes jambes deviennent molles dans ses mains, il m'aide à me relever. Il me soulève ensuite et m'abaisse sur sa verge encore dressée. J'enlace son cou et je pose les pieds sur la rampe garnissant le mur où il est adossé.

C'est une position éreintante, mais il m'aide en poussant sur mes fesses pour me faire remonter sur la longueur de son érection. Des fibres du tapis adhèrent à mes petits seins en sueur. Le droit conserve l'arabesque des motifs de la moquette.

Plusieurs mèches de mes cheveux se sont échappées de mon catogan et me collent désormais au visage. Je suis épuisée, tous mes muscles demandent grâce. Il tient mes joues entre ses mains pour m'embrasser au moment où il abdique enfin.

La rampe me sert de tremplin. Je saute sur sa queue avec l'énergie qui me reste, juste assez longtemps pour le terrasser à son tour. Il jouit en moi, en déversant un flot tiède qui déborde sur ses testicules.

Il me laisse ensuite descendre de mon perchoir. J'ai du mal à me porter sur mes jambes. Je sens sur ma cuisse s'écouler sa semence épaisse. Il me tend son t-shirt et je m'essuie sommairement avant de remettre ma culotte.

La frénésie animale qui nous a précipités dans les bras l'un de l'autre s'estompe peu à peu, cédant la place à un embarras qui semble surtout me concerner. Je me rhabille en vitesse, tandis que lui m'imite sans empressement. J'en profite pour me rincer l'œil une dernière fois. La ligne de ses fesses est impeccable et son sexe très esthétique ressemble à une statue parfaitement taillée.

« Il nous reste à savoir quand ce fichu ascenseur va se remettre en marche », dis-je en arrangeant mon catogan.

Dans la glace, je le vois appuyer sur un bouton. L'ascenseur s'ébranle avec une secousse.

« Mais qu'est-ce que… ? » fais-je en écarquillant les yeux.

Il sourit, de cet air suffisant qui m'a tout d'abord horripilée.

« Tu avais l'air tendue… et je ne connais qu'un seul moyen vraiment efficace pour venir à bout de ce genre d'humeur », déclare-t-il alors que l'ascenseur atteint le seizième étage.

Il maintient la porte ouverte pour moi et m'emboîte le pas.

« Tu descends ici aussi ? » ai-je demandé en me tordant le cou.

Il hoche tranquillement la tête.

« Je dois rencontrer le représentant d'un acheteur pour mon édifice », dit-il en se rapprochant de moi.

Je suis devenue cramoisie.

« Je ne cours aucun risque à baiser avec une jolie femme dans l'ascenseur, puisque cet immeuble m'appartient », me confie-t-il à voix basse.

Je sens la pression battre à mes tempes.

« Claude…

– Pardon ?

– Claude, l'homme que tu dois rencontrer s'appelle Claude. »

Il hoche de nouveau la tête.

« On m'a dit qu'il est un impitoyable négociateur, un beau salaud. Mais comment sais-tu cela ?

– Je me présente officiellement. Claude Bélair, dis-je en reprenant mon aplomb. Et je suis plus qu'impitoyable…

– Les négociations s'annoncent arides », dit-il en me prenant par le bras.

La talentueuse

Le téléphone sonne sans arrêter depuis de longues secondes. Agenouillée au sol, mon chemisier ouvert sur mes seins nus, je m'acharne sur ses testicules en les aspirant sans merci dans ma bouche.

Sa verge est bien enduite de ma salive, que je dépose en abondance sur toute sa longueur. Sa queue est brune, comme le chocolat au lait, et une petite touffe de poils noirs domine son joli bâton circoncis.

Je ne l'ai jamais vu au repos, puisque nos relations demeurent strictement sexuelles. Nous obtenons réciproquement ce que nous recherchons d'abord et avant tout : du sexe à l'état pur.

Son gland est bien plus foncé que son manche. Je m'amuse à en stimuler les arêtes, tant avec mes dents qu'avec mes lèvres. Chaque fois, je peaufine ma technique, je passe mon temps à inventer de nouveaux trucs que je pourrai lui faire avec ma bouche.

Entre deux gémissements, il étire le bras et décroche. Coquine, je choisis justement ce moment pour reprendre une succion puissante sur son gland sombre. Il grimace en marmonnant entre ses dents, trop fier pour me demander de suspendre mes activités, ce que j'aurais refusé de toute manière.

«Chérie ? Ça va bien», dit-il assez fort, dans l'espoir que je sois intimidée par l'appel intempestif de son épouse.

Je redouble plutôt d'ardeur, avalant les trois quarts de ses vingt-cinq centimètres de virilité absolue. Il serre les cuisses, sur lesquelles reposent mes seins tout chauds.

«Je regarde la télé… je me détends», réussit-il à prétendre, à l'agonie.

Je détache ma bouche de sa verge. Un filet de salive unit toujours sa queue à ma langue. Il adore quand je fais cela, il en perd la tête. Sauf qu'il doit se contrôler pour écouter son épouse.

Il essaie de me repousser, mais je m'accroche. Je le reprends en bouche. J'accentue la pression de mes lèvres, je resserre ma poigne sur ses testicules déjà écrasés. Il ferme les yeux, en aiguillant toute sa concentration sur sa conversation avec son épouse, dont j'entends la voix cristalline.

Je décide d'être gentille en lui laissant quelques secondes de répit. Je lèche son ventre, ses cuisses, puis ses couilles malmenées, avant de reprendre son gland dans ma bouche.

Il recommence à s'agiter, à gesticuler, sensible aux manœuvres de ma bouche sur son membre dur. D'une main, je détache le bouton à pression de ma jupe. Je faufile ma main dans ma culotte ; je suis mouillée comme jamais, bien détrempée.

Il fait non de la tête, je fais exactement le contraire. Je m'assois en lui tournant le dos, jusqu'à ce que sa queue m'ait envahie complètement. Je souffle telle une femme qui accouche, embrochée sur son érection puissante.

Sa main se crispe sur le combiné, il pince les lèvres pour réfréner un grognement de plaisir. Il pose une main à plat sur mos dos, sous mon chemisier, et j'impose à nos ébats un rythme lent mais régulier.

Il n'y a pas un homme que je sente comme lui, aussi profondément. Et c'est précisément cette particularité qui me pousse à le fréquenter très égoïstement, bien qu'il soit marié.

Je me caresse en même temps. Le plaisir ondule, se gonflant pour mieux exploser. Je serre ses genoux en jouissant, le visage brûlant, mon corps très conscient d'être éperonné par sa queue arquée.

Lui écoute le laïus de sa femme, patient comme toujours. Je descends de mon siège pour reprendre ma dégustation. Mes lèvres glissent comme un piston bien huilé sur les traces de mon excitation.

Aussitôt, il jouit en me tenant la tête. Il explose interminablement, inondant ma bouche de son sperme très blanc, que j'avale avec cette délectation habituelle.

Je lèche sur ses bourses ce qui a débordé de ma bouche affamée. Je frotte mes seins nus sur sa queue collante, et sensible d'après sa réaction aussi brusque qu'instantanée.

Il grogne des réponses inintelligibles à son épouse. Quand je l'ai bien nettoyée, je lui porte le coup de grâce. Je me hisse sur sa verge encore déployée, et je m'empale par la porte arrière.

L'étroitesse de mon rectum le fait grimacer. Il se crispe, se raidit comme une barre de fer, alors que je m'abaisse sur son ventre, entièrement enfoncée sur son pieu. Je ne bouge pas, je ne fais que le savourer dans mon derrière.

Et quand je me mets à bouger en fléchissant les genoux, il invente un prétexte pour se débarrasser de son épouse.

« J'entends le bébé qui pleure, il faut que j'y aille », prétexte-t-il, pour couvrir mes petits gémissements aigus.

Il raccroche et se cramponne à mes hanches. C'est la première fois que je lui permets de rentrer par-derrière.

« Tu es vraiment prête à tout pour me faire perdre la tête, non ? »

Je hoche la tête.

« J'ai trouvé ton surnom : la talentueuse...

– J'aime bien… oui, ça me plaît. »

Le téléphone sonne de nouveau, et je songe déjà aux nouveaux moyens que je prendrai pour le faire raccrocher…

Noir et blanc

« Pousse ! Vas-y, pousse, ma chérie » !

Je veux l'expulser, tellement ça fait mal. J'ai reçu l'épidural, mais je souffre quand même. Je suis endolorie de partout, en sueur, épuisée. Essayez juste de faire passer un ballon de football par une narine, messieurs, et vous comprendrez peut-être ma souffrance.

D'abord, c'est la tête qui se présente. Jusque-là, tout est parfaitement normal. Puis, les épaules suivent. Après l'exaltation, le silence tombe. Épais, lourd comme une tonne de briques. Mon conjoint affiche un visage courroucé. Mon médecin, une jeune femme dans la trentaine, est estomaquée.

Elle reste là entre mes cuisses, bouche bée. Sous le choc, l'infirmière qui l'assiste ouvre de grands yeux ébahis. Mon conjoint, démoli, tente en vain de dissimuler son humiliation. Et pour cause.

Je suis une rouquine naturelle et mon mari, blond comme le blé. Nous avons tous deux une peau de lait allergique au soleil. Et le nouveau-né que tient mon médecin entre ses mains est noir…

✧

Dix mois plus tôt...

– « Es-tu sérieux ?

– Quoi ? Nous n'avons jamais vraiment connu quelqu'un d'autre. On sort ensemble depuis dix ans, depuis que nous avons quinze ans. On pourrait prendre une pause de quelques semaines pour rencontrer d'autres gens...

– Si tu as le goût de baiser avec une autre, dis-le donc ! Pas besoin de sortir les envolées philosophiques. Ça ne te va pas du tout. »

Il affecte une moue contrariée.

« J'aurais pu tout simplement te tromper sans te le dire.

– Et tu crois que m'en avertir rend l'infidélité acceptable ? »

Je suis furieuse contre lui. Moi qui le croyais différent !

« Nathalie, allez. On va passer notre vie à nous être mutuellement exclusifs. On pourrait se payer un peu de bon temps avant d'avoir des enfants. »

Rien à faire. Il ne me fera pas avaler ce concept.

« Je ne savais pas que me faire l'amour représentait une corvée. »

Je suis hors de moi. Probablement parce que je sais que lui profitera à plein d'une pause, tandis que je rongerai bêtement mon frein. Puisque c'est lui qui propose, je devrais en profiter pour m'envoyer en l'air. Ce qu'on peut être mal faites, nous les femmes !

Stéphane, mon conjoint, passe les deux prochaines heures à tenter de me convaincre du bien-fondé de sa proposition. Sa décision est prise, ce n'est certainement pas moi qui vais l'en dissuader.

« Protège-toi, Casanova. Je n'ai pas envie que tu ramènes des cochonneries. Je suis propre et je veux le rester. »

Je claque la porte, désemparée. Je marche dans le quartier sans desserrer les dents.

Lorsque je croise un bar reggae, j'entre sans réfléchir. Je veux juste descendre quelques verres pour apaiser mon humeur. Au cinquième verre de vin, ma colère s'est dissipée et je peux enfin comprendre que je détonne dans l'environnement. J'ai échoué dans un bar composé uniquement d'une clientèle noire. Pour ma part, je suis rousse, très blême, et mes lunettes épaisses me prêtent un air sévère. Je pourrais même dire que j'ai l'air un peu coincée. Enfin, très coincée.

Je commence un sixième verre quand un Noir imposant, coiffé d'une rasta, m'invite à danser. L'alcool me fait pouffer de rire, mais je le suis sur la piste de danse.

Je ne sais pas si c'est mon ivresse ou les talents de danseur de mon partenaire, mais je me déhanche joyeusement au fil des chansons. Mon cavalier, noir comme une ardoise, est aussi baraqué qu'un joueur de football. Je dirais certainement cent vingt kilos de muscles.

Quant à moi, je ne fais guère plus que soixante-cinq kilos, avec un léger embonpoint aux fesses. J'ai l'air d'une puce dans ses bras !

Quand la musique en arrive aux slows, le bar s'est vidé. Seuls quelques irréductibles assaillent le bar. Mon cavalier et moi sommes en sueur. Il me prend par la main et m'amène dans un petit salon fermé, au fond du bar, paré de coussins multicolores.

Il ferme la porte et me prend dans ses bras. J'ai toujours fantasmé à propos de faire l'amour avec un Noir, sans jamais avoir eu l'audace de me commettre. Mais voilà que mon amoureux souhaite de la diversité et que ce beau mâle ne demande qu'à me tringler après m'avoir fait danser jusqu'à l'épuisement.

En moins de temps qu'il n'en faut pour le dire, nos vêtements s'éparpillent sur le sol. Sa queue pourrait être un rouleau à pâte peint en noir qu'elle ne serait pas plus grosse. D'une main, il vérifie mon état et c'est sans surprise qu'il ressort ses doigts mouillés. Je m'allonge sur les coussins et il me pénètre aussitôt.

Au début, à peine le tiers de son pénis trouve sa place. Je pose les mains sur ses hanches, en surveillant ses allées et venues. Après un long moment d'un tempo langoureux destiné à m'acclimater à ses dimensions inouïes, la moitié de sa verge s'enfonce en moi.

Je me sens remplie à éclater, comme une femme qui accouche, et je me cramponne de plus belle à ses hanches souples. Très progressivement, il s'enfouit jusqu'aux trois quarts et franchement, je ne peux en prendre plus.

Je referme ma main autour de la base de sa verge pour m'assurer qu'il ne va pas plus loin. Mon désir me coule dans les mains, visqueux et blanchâtre. Mes chevilles sont appuyées sur ses épaules, très blanches, tandis qu'il réunit mes poignets pour me tenir les bras au-dessus de la tête. En me maintenant ainsi emprisonnée, il en profite pour s'enfoncer en entier.

« Oh ! mon Dieu ! Oh... Oh ! hum », ai-je gémi, empalée comme jamais.

C'est irréel, aucun homme ne peut être équipé à ce point. C'est presque effrayant, je crains qu'il ne me blesse. Je vous le répète : imaginez la taille d'un rouleau à pâte et vous saisirez l'ampleur de son engin. Plus de quarante centimètres qu'il doit tenir pour pas que sa queue s'effondre !

Il alterne les positions, je suis sa poupée de chiffon qu'il manipule à son gré. J'en suis à mon deuxième orgasme quand il évacue mon vagin agrandi pour sa cause.

Ivre morte, je tente de le sucer du mieux que je peux. Il est si lubrifié que son gland entre finalement dans ma bouche. Il n'en finit plus d'éjaculer. Ça déborde sur mon menton, mon cou et mes seins. Je m'étouffe sur son abondance.

Malgré tout, je continue de sucer son gland. Le trop-plein de sa semence s'écoule de ma bouche et fuit sur mon menton. Il est secoué de spasmes, tandis que je continue d'aspirer son gland meurtri. Il grimace de plaisir, ce qui m'encourage à accentuer la pression sur son gros membre.

Je prends goût à le sucer et je déploie toute mon énergie à l'avaler plus loin encore. Lorsque je prends une pause pour reposer ma mâchoire, il retourne entre mes cuisses, où mon excitation coule maintenant entre mes fesses.

Je sens la pression de son gland contre mon anus. Je pratique rarement la sodomie, car Stéphane estime que c'est malpropre. Quant à moi, je ne déteste pas m'offrir ce petit plaisir de temps à autre, bien que je n'en aie jamais soutiré d'orgasme. C'est juste plaisant, surtout quand je me masturbe en même temps.

Mon partenaire rugit comme un lion en cage en s'enfonçant dans mon rectum jusqu'aux testicules. Je le regarde avec effarement et incrédulité: comment peut-il loger au grand complet dans mon cul?

Je serre mes fesses baveuses sur ce suppositoire géant. Je mets les mains sur ses cuisses pour ralentir son ardeur lorsqu'il s'exécute avec trop d'entrain. C'est plus douloureux que plaisant mais pour cette occasion, j'ai envie de jouer le grand jeu, de tout essayer, et l'entrain qu'il démontre à m'enculer s'avère contagieux.

Je l'encourage donc à poursuivre en criant plus fort, en couinant chaque fois qu'il disparaît en entier dans mon rectum très élastique. Nous jouissons simultanément en criant à l'unisson.

Une fois que le plaisir, hélas éphémère, s'est évanoui et que j'ai repris un peu mes sens, je me sens traître et sotte. Je me rhabille après m'être sommairement essuyée et je pars sans regarder derrière.

✧

En arrivant chez moi au lever du jour, Stéphane m'attend au salon. Piteux, il m'offre un grand bouquet de fleurs.

« Où étais-tu ? J'étais inquiet.

– J'ai marché.

– Je suis désolé, Nathalie. C'était une idée stupide. Je n'aurais jamais dû proposer cela. »

Je suis pétrifiée. Il m'invite à m'asseoir, mais je reste debout. Ce serait trop douloureux.

« Tu veux dire que tu ne veux plus le faire ?

– J'en serais incapable. Je penserais à toi, à ce que tu as dit. C'était idiot. »

J'ai le vertige. Je me cramponne au meuble.

« Qu'est-ce que tu as ? On dirait que tu as mangé du chien enragé. »

En fait, ce n'était pas un chien. Et il n'était pas enragé non plus.

« Toi… tu n'as rien fait, dis ?

– Non ! » ai-je rétorqué vivement.

Je mens par fierté, car il mériterait juste que je le lui avoue. Je m'étais tellement opposée à cette idée que je ne peux tout bonnement lui expliquer avoir été séduite par une solide baise sans lendemain.

« Viens. Je te fais un massage, tu as l'air courbaturée. »

Après vingt minutes, il me pénètre. Je le sens à peine tellement l'autre m'a écartelée. Je suis encore mouillée de mes pensées pour l'autre. Stéphane jouit, il murmure à mon oreille.

« Tu avais raison, la fidélité est ce qu'il y a de mieux.

– Absolument », ai-je menti les dents serrées.

Sommaire